AF354378

Jeremias Gotthelf

Wie fünf Mädchen im Branntwein jämmerlich umkommen

e-artnow 2018

Jane Austen
Stolz & Vorurteil

Jack London
Martin Eden

Franz Werfel
Der Abituriententag

Charles Dickens
Nikolas Nickleby

Richard Skowronnek
Das bißchen Erde (Historischer Roman)

Jeremias Gotthelf
Wie Anne Bäbi Jowäger haushaltet und wie es ihm mit dem Doktern geht

Jeremias Gotthelf
Leiden und Freuden eines Schulmeisters

Jeremias Gotthelf
Käthi, die Grossmutter

Ida Boy-Ed
Annas Ehe

Daniel Defoe
Moll Flanders (Illustrierte Ausgabe)

Jeremias Gotthelf

Wie fünf Mädchen im Branntwein jämmerlich umkommen

Frauenschicksale aus dem 19. Jahrhundert

e-artnow, 2018
Kontakt info@e-artnow.org
ISBN 978-80-273-1927-5

Wie fünf Mädchen im Branntwein jämmerlich umkommen

Es ist schon einige Jahre her, daß ich an eines Samstags heißem Nachmittage über einen ziemlich öden Berg wanderte. Ich kam von einem Orte her, wo viel Reichtum ist, aber noch mehr Armut, wo die Reichen das Saufen vormachten, die Armen es nachmachten: die erstern, solange sie es vermögen, den Durst löschend mit Wein, die andern aus Mangel an Geld mit Branntwein. Von den Reichen kamen die einen dabei ums Leben, andere ums Vermögen, die Armen in tiefes Elend hinein.

Ich stieg schweren Gemütes den Berg auf und überdachte mir das Unglück und die unbeschreiblichen Folgen, die es hat, wenn an einem Orte von oben herab ein schlechtes Beispiel gegeben wird, wie schlechte, liederliche Vorgesetzte ganze Dorfschaften anstecken und mit sich in Sünde und Elend ziehen können wie in einen Wirbel hinein. Ich zählte in Gedanken mir die Dörfer und Gemeinden auf, die ich durch die Ersten des Orts und die Vorgesetzten verunglückt wußte, und es waren deren mehr, als man glaubt.

Ich dachte mir, wie notwendig es wäre, daß man allen Statthaltern sowohl als auch allen Regierungsstatthaltern nicht nur Gesetze und Dekrete, sondern auch »Lienhard und Gertrud« in die Hände gebe. Zu meinen Gedanken nickten mir wehmütig verserbte Haferstengel, und magere Gräschen sahen mich betrübt an, als ob sie mir wollten klagen helfen, aber, von ihren versoffenen Besitzern verwahrlost, nicht mehr Kraft hätten dazu. So kam ich den Berg auf in finsteres Tannengehölz, in eine wilde Gegend, wo mir unheimlich zumute war, wenn ich mir die verwilderten Menschen dachte, die hier ringsum wohnen, und wie einsam es hier oben sei. Darum stieg ich so rasch den steilen Weg nieder, daß mich die Knie schmerzten, als ich unten im engen Tälchen war, welchem die Sonne nur dann einen kurzen Blick schenkt, wenn sie in der besten Laune ist.

Einem Wässerchen nach, in dem wenig Wasser, aber viele Steine waren, wanderte ich der Mündung des Tälchens zu, so schnell Hitze und Müde es mir erlaubten. Mich dürstete, und das laue Wasser im Bächlein, das aber zuzeiten Tannen trägt und Brücken zerstört, wollte mir nicht munden. Es war lang, das kleine Tal, wollte kein Ende nehmen; der Ort, wohin ich zielte, wollte nicht kommen.

Hie und da lag zur Seite ein schöner Hof, mit dunkelgrünen Bäumen umkränzt, behaglich im Schatten, den ich ihm mißgünstig vergönnte. Endlich, nach einer unendlichen Stunde, tauchte vor mir auf der lange, schmale Ort und seine enge Gasse mit schlechten, schindelnbedeckten Häusern, wo einst das Feuer eine schreckliche Nacht oder einen furchtbaren Tag den Menschen bereiten wird. So nahe bei der Herberge, vermochte ich noch einige Geschäfte abzutun, konnte meinen Basler Herren einige Säcke Kaffee absetzen, und erst bei einbrechendem Abend setzte ich mich in das wenig anschauliche Wirtshaus.

Noch durstiger geworden durch das Aufschwatzen meiner Ware, bestellte ich mir mein Lieblingsgetränk, das am besten abkühlt, süßen Tee mit Wein, und musterte dann, in einer Ecke der Gaststube sitzend, meine Umgebungen. Die Stube war düster und voll unerträglicher Fliegen, welche die gelben Vorhänge schön schwarz punktiert hatten, die Tische ringsum mit Eisen beschlagen, damit die Gäste sich nicht im Schnitzerhandwerk üben möchten wie Buben in der Schule. Dem Boden sah man an, daß man die Besen schonte, obgleich man im Besenreiserland war, und Wände und Ofen mochten seit Jahren nicht abgerieben oder abgewaschen sein. Gäste saßen, zirka ein halbes Dutzend, vereinzelt an den Tischen, jeder mit einem halben Schoppen vor sich; durch den stinkenden Tabaksrauch hindurch drang der Geruch der in den halben Schoppen enthaltenen Flüssigkeit – es war Branntwein.

Dies fiel mir eben nicht besonders auf, ich hatte es schon an mehreren Orten gesehen; mehr wunderte mich das saure, stöckische Wesen der Menschen. Auf mehrere Fragen erhielt ich keine Antwort, man gab gar kein Zeichen, daß man mich vernommen; und wenn ich endlich eine Antwort erzwang, so war sie kurz und puckt, und wenn ein oder zwei aus der Antwort ein

Gespräch machten, so ward es gleich so gehässig und streifte an das Beleidigende, daß ich froh war, mit meinem Tee und meiner Zigarre mich abzugeben und die andern in Ruhe zu lassen.

Ich notierte allerlei in meinen Kalender. Gäste kamen, forderten einen halben Schoppen, ohne zu sagen, was, der Wirt wußte es; endlich kam Gelächter und Geschnatter auf das Haus zu, die Treppe herauf, stockte vor der Türe, immer lauter werdend, so daß ich gar gwunderig aufsah, was da kommen wolle. Nach einer Weile wurde die Türe aufgerissen, und herein stießen sich fünf Mädchen. Froh wurden sie empfangen von den Anwesenden. »Es gilt dir, Liseli!«, »Es gilt dir, Bäbeli!« scholl es aus dieser und jener Ecke. »Bis ume rühyig!« antworteten die Mädchen, taten aber doch ungeniert Bescheid in Branntwein; und wenn sie auch mit dem ersten Schluck nur nippten, so tranken sie doch auf die Mahnung: »Nimm ume, mach us!« ohne Weigern das Glas halb oder ganz leer.

Sie setzten sich in meine Nähe, und die Wirtin trat zu ihnen mit der Frage: »Womit kann ich aufwarten?« – »Bring grad e Maß!« rief lachend das munterste der Mädchen. ›Nun, das ist doch vernünftig‹, dachte ich, ›daß die jetzt Wein trinken; aber sie wären noch witziger gewesen, wenn sie nicht in Branntwein Bescheid getan hätten.‹ Die Wirtin brachte die Maß, die Mädchen schenkten ein; aber es sah aus wie Branntwein, es roch wie Branntwein, sie tranken es, wie man den Branntwein trinkt, ja wahrhaftig, es war Branntwein! Fünf Mädchen saßen da wohlgemut hinter einer Maß Branntwein, und kein Mensch machte ein erstauntes Gesicht als ich; es schien ihnen etwas ganz Ordinäres zu sein.

Es graute mir ordentlich vor diesen Nachbarinnen, wenn ich mir dachte, was alles vorhergegangen sein müßte, bis sie dahin kamen, ungeniert zusammen ins Wirtshaus zu gehen und eine Maß Branntwein zu fordern, und was dann alles hintennach sich begeben werde, wenn sie diese Maß im Leibe hätten. Ich wischte meine Brille ab, setzte sie auf und rückte noch ein wenig vorwärts, um diese Mädchen genau zu betrachten, denn solche Heldinnen im Branntwein kriegt man nicht alle Tage zu sehen. Wie ich sie fand, will ich erzählen, will sie gleich mit den Namen bezeichnen, womit sie mir später genannt wurden.

Das nächste mir im Auge wurde Marei genannt und hatte ein unverschämtes Gesicht. Die sämtlichen Züge drückten nichts als Frechheit aus; der Mund und die Nase machten sich besonders trotzig, und nur wenn eine Schweinerei erzählt wurde, flog etwas über das lästerliche Gesicht, das akkurat aussah wie ein Sonnenblick, der in einen Schweinestall fällt. Die Figur war unreif und glich einem unreif abgefallenen Apfel, eingeschrumpft und saftlos.

Das zweite Mädchen hieß Elisabeth und war eine dicke, eingesteckte Gestalt, die man zu einem Sauerkabisstämpfer füglich hätte brauchen können, unbeholfen und schwammig. Die Arme waren wie Mäßbstryche im Leibe eingesteckt und sahen verblüfft von den Schultern in die Luft hinaus. Das Gesicht war rotbrächt, glich aber einer Pflaume, welche eine Grämplerin zum Fingerle zurechtgelegt, damit ihre Kunden ihr an den andern Pflaumen den Tau nicht abwischen. Die gemeinste Sinnlichkeit guckte sogar aus den Nasenlöchern, und die Augen sahen so klebrig an jeden Burschen auf, als wenn sie wie Harz sich ihm anschmieren wollten.

Stüdeli wurde das dritte genannt; es hatte ursprünglich schöne Züge, von der Seite sogar etwas Nobles, aber erdfarb war seine Haut, blaß die Lippen, zahnlos und krankhaft groß der Mund und glanzlos die großen, tiefblauen Augen. Es war lang und hager, reinlich angezogen und tat zimperlich. Man sah ihm von weitem an, daß es eine Näherin war. Manchmal dünkte es einem, als flackere etwas Besseres in ihm auf und als gieße es den Branntwein nur herunter, um das Bessere zu dämpfen, sich zu betäuben. Das gab ihm etwas Träumerisches, das aber immer mehr in etwas Stierendes ausartete, je länger es trank.

Neben ihm saß ein jugendliches Wesen, schwarzäugig, lederfarbig, schweigsam. Es hatte immer am längsten an seinem Glase, es war oft, als schüttle es sich ob dem Trinken, und auf die Letzt machte es immer Komplimente, sich einschenken zu lassen, und wollte am Ende gar nicht mehr trinken. Man nannte es Bäbi; es war das Lehrmeitschi der Näherin.

Die Hauptperson war aber Lisi, ein schlank und üppig gewachsenes Mädchen, strotzend von Gesundheit, mit schön roten Backen und kräftigen Armen, weißen Zähnen und heitern

Augen, aus denen Lustigkeit und Sinnlichkeit glänzten. Es war ein wahres Modell eines natürlich fröhlichen, gesunden Landmädchens, solange es nüchtern war; später aber brannte eine Sinnlichkeit, die unbändig, aber doch nicht wüst ward. Es trat einem ordentlich das Wasser in die Augen, wenn man dieses hübsche, fröhliche, hablich scheinende Mädchen hinter der Maß Branntwein sah.

Lisi hantierte mit der Flasche, schenkte ein und ließ mutwillige Spöttereien flädern in der Stube herum, die sich unterdessen angefüllt hatte; denn wo das Aas ist, da sammeln sich die Adler. Es waren jüngere und ältere Männer, aber alle von der Rasse, die ich nicht leiden mag. Unbegrenzte Gier und Frechheit lag auf den gelblichen, ungewaschenen Gesichtern; kein einziges war ein offenes oder geistreiches. Lisi war unter ihnen wie eine Göttin, wie Proserpina in der Unterwelt. Und der Unterwelt, den Webkellern, den finstern Schuhmacher-, Schneider-, Korb- und Besenmacherhöhlen schienen die schmutzigen Gesichter entstiegen zu sein. Ihre klebrigen Kappen hatten sie schief auf den Kopf oder in die Augen gedrückt, die Hände stachen gewöhnlich in den Hosen und wurden nur herausgezogen, um nach dem Glase oder nach Karten zu greifen. Die alten Männer hatten zu spielen angefangen und fluchten und schimpften mörderlich. Neben den Mädchen hatten sich einige Bursche aufgepflanzt; auch die begannen zu ramsen, und die dicke Elisabeth ruhte nicht, bis auch sie Karten hatte und mitspielen konnte. Da lag das Mensch nun über den Tisch herein, dick und geil, und man wußte nicht, woran es größeres Wohlgefallen hatte, an den schmutzigen Reden, den schmutzigen Burschen, den schmutzigen Karten oder dem stinkenden Branntwein. Mitspielen wollte doch kein anderes der Mädchen, nur Lisi sagte, azfange sei ihm gleich, aber auf die Karten verstehe es sich nicht. An den neben ihm sitzenden, stämmigen, verschmitzt aussehenden Kerl hing es sich an, lehnte sich ganz unbefangen auf seine Achsel und schlug den Arm um seinen Hals, um ihm eine Karte zu zeigen, strich ihm das Haar vom Ohr, um ihm etwas in dasselbe zu flüstern.

Die andern drei Mädchen tranken und neckten sich mit handgreiflichen Witzen; über Mareis Gesicht legte sich ein bitterer, hämischer Zug, und in seinen Augen brannte es unheimlich, wenn es auf das spielende Elisabeth sah und das anhangende Lisi. Ein Glück war's, daß die Leute spielten, mit etwas beschäftigt waren und Karten in den Händen hatten; wenn sie die Hände frei gehabt hätten, ich weiß wahrhaftig nicht, was sie damit angefangen hätten. Ihren Reden nach zu schließen, müßte es auf alle Fälle etwas sehr Wüstes gewesen sein. Aber was die spielende Elisabeth angefangen hätte, wenn sie nicht gespielt, weiß ich. Wenn sie einen Augenblick die Hände frei hatte, so hatte sie etwas zu zickeln an den Burschen, bis sie von ihnen einige tüchtige Griffe weghatte, und eben die wollte sie.

So ging es einige Stunden fort; wüst und zum Übelwerden war es in der Stube, dazu eine gewisse Eintönigkeit, bei der man in einigen Minuten alles wahrnahm, was ganze Stunden darboten. Trübe schimmerten die Lichter durch den Tabaksnebel, dumpf tönten die Flüche, heiser klangen die Gelächter durch die Wolken, gläsern quollen den Trinkenden die Augen aus dem Kopfe.

Mich schläferte; ich wäre gerne zu Bette gewesen, allein ich wollte das Ende sehen und hoffte alle Augenblicke, die Polizei führe es herbei, denn die gesetzte Stunde hatte längst geschlagen. Allein es scheint keine Polizei zu sein im Kanton Bern.

Es ward von Minute zu Minute eintöniger, die Menschen versanken immer mehr in einen geistigen Dumpfsinn, nur einzelne Schimpf- oder Sauworte arbeiteten sich aus den verquellenden Kehlen; es war keine Spur von der wilden, lustigen Aufgeregtheit, der Gesprächigkeit, die der Wein erzeugt. Ich glaube, sie wären alle nach und nach versteinert oder verstummt unter den Tisch gesunken, wenn nicht Hunde Streit angefangen, Stühle umgeleert und die Beine der Gäste in Gefahr gebracht hätten, so daß diese aufstehen und ihre Knochen in Sicherheit bringen mußten. Da fühlten sie, als sie auf den Beinen stunden, daß es Zeit sei, heimzugehen, wenn es noch auf den eigenen Beinen geschehen sollte.

Elisabeth packte ganz ungeniert einen Burschen, ihren Beinen nicht mehr trauend, und hieß ihn mitkommen, es sei nicht weit, und sie habe ein warmes Huli. Marei ließ auch nicht nach, bis es einer um den Hals genommen und mit ihm zur Türe hinausging. Stüdeli und seine

Lehrtochter trieben es nicht so weit, aber weder es noch Lisi gingen ohne männliche Begleitung heim, und das Begleit lief nicht ohne Streit ab; denn während ich noch wach war, wurde ein mit einem Messer Verwundeter ins Haus gebracht und der Arzt geholt. Ein Branntweinzapf hat zu keinem ordentlichen Klapf mehr Kraft, sondern nur zu Messerstichen.

Wie's nun ging in der dunkeln Nacht auf dem Wege und im einsamen Bette zwischen den Leuten, von denen jedes wenigstens einen Schoppen Branntwein im Leibe hatte, kann man sich leicht denken. Mir graute davor. Mir graute davor, daß die Mädchen nicht toll und voll wurden, sondern noch leidlich aufrecht davonkamen. Aber welch unheimlich Feuer in ihnen brennen mußte und wie sie dabei und bei der mutwilligen Versuchung ihrer angeschwollenen Sinnlichkeit werden widerstehen können, konnte man sich denken, konnte sich denken, was da alles mußte getrieben werden. Und grauen tat es mir vor Eltern und Meisterleuten, die ihre von Gott ihnen Anvertrauten fort wußten bis Mitternacht, ihr Treiben ahnen konnten, sie heimkehren hörten in männlicher Begleitung, sie rühyig zusammenschlüpfen ließen ins Bett und ihr Sündenwerk treiben kaltblütig. Wahrhaftig, vor dieser rühyigen Kaltblütigkeit graute mir, und mit diesem Grauen suchte ich mein Bett; aber schlafen ließ es mich nicht.

Immer deutlicher stellte sich riesengroß die Angst mir vors Bett; was doch aus einem Lande, aus dem künftigen Geschlecht werden solle, wenn nun auch Mädchen, künftige Weiber dem Branntweinlaster und somit allen andern Lastern sich ergeben, das Laster ins Heiligtum der Familien verpflanzen, wo es die Kinder mit der Muttermilch an der Mutterbrust einsaugen müssen.

Es mag wüst gehen in einem Lande, die Männer mögen saufen, spielen, prozedieren, es macht noch nicht alles, es ist noch Hoffnung da, daß mit diesen Säufern und Spielern das Laster aussterbe, solange in frommer Zucht und Sitte die Weiber zu Hause walten und den Kindern mit Beispiel und Wort einen frommen Sinn einflößen. Man glaubt nicht, was ein klug und fromm Weib vermag. Salomon sagte nicht umsonst: »Ein wackeres Weib übertrifft an Wert weit den Karfunkelstein.« Ein Mann ist fast nicht imstande, einen Hof zu verprassen, wenn ein anschlägig Weib im Hause waltet. Man sagt, ein Hagelwetter zwänge nicht viel, aber wenn das Hagelwetter in die Küche schlage, so sei alles verloren. Allerdings, wo eine schlechte, verdorbene Hausfrau hantiert, da hilft alle Arbeit nichts, da ist alles Sorgen umsonst, und den Kindern sieht man auf viele Schritte die Mutter an. Wo an einer Mutter ein Laster klebt, da wird es allen Hausgenossen offenbar; des Mannes Laster kann eine kluge Frau oft verbergen. Wo eine unfromme Mutter regiert, da ist sie gegen jede Frömmigkeit unduldsam, sie will einen bessern Sinn an niemand leiden, während mancher gottlose Mann an den Seinigen einen frommen Glauben nicht ungerne sieht. Schlechte Mütter erziehen ihre Töchter förmlich zum Laster und geben ihnen Statt und Platz im Hause, während die meisten Männer in ihrem Hause nicht dulden würden, was sie auswärts treiben.

Die Weiber sind der Sauerteig des Hauses, und von ihnen nimmt das ganze Haus Geschmack und Geruch an. Und das Haus ist die Pflanzschule künftiger Geschlechter. Es ist also die Mutter nicht nur die Gebärerin des Leibes ihrer Kinder, sondern sie ist auch die Leiterin ihrer Seelen, sie prägt die ersten Eindrücke denselben ein. Das weibliche Geschlecht ist darum von so hoher, gewaltiger Bedeutung durch sein Walten im Hause für Sitte, Zucht und Frömmigkeit, und die Wohlfahrt eines Landes hängt mehr vom Walten des Weibes ab, als Männer und Regenten sich einbilden, und vielleicht mehr als vom Raten, Klügeln, Regentlen der Männer.

Wenn nun die Pest des Unglaubens, der Zuchtlosigkeit und Frechheit dieses Geschlecht ergreift, wenn die künftige Generation an der Mutterbrust vergiftet wird, wenn die Mutter nicht mehr des Kindes Auge auf Gott lenkt, sondern aufs sündige Böse, wenn sie des Kindes erwachenden Durst nach dem Unsichtbaren nicht zu befriedigen weiß, sondern seinen leiblichen Durst erregt und ihn mit Branntwein löscht, wenn des Kindes Auge in der Mutter nicht mehr das Vorbild sieht zu jeder Tugend, sondern das Muster zu jedem Laster, dann ist aller Tage Abend da, dann möchte ich nicht mehr leben, dann würde ich sagen: »Ihr Berge, fallt über mich zusammen, ihr Hügel, decket mich!«

Wohl wußte ich, daß in der hohen Welt man die Weiber nicht fürs Haus erzieht, sondern für alle Welt, und daß sie in aller Welt zu Hause sind, aber nicht wissen, wo in ihrem Hause die Küche ist. Ich wußte, daß in Mittelklassen die Mädchen verschulmeistert werden, daß sie genau wissen, wo die Kokosnüsse, aber nicht auf was für Bäumen die Erdäpfel wachsen, daß sie alles arbeiten können, nur nichts fürs gemeine Leben, daß man in der Schule an den Geliebten schreiben lernt oder Bücher rezensieren, aber kein vernünftiges Wort, daß sie an Soireen und Sozietäten gewöhnt werden, nur nicht ans häusliche Leben. Ich wußte allerdings, daß in den ärmern Klassen das weibliche Geschlecht verwahrlost wird, weil man ihm keine Bedeutung beimißt, daß viele Weiber in die Sorgen des Lebens versinken und viele in eine Gemeinheit, aus der sie gar nicht mehr aufsehen können zu Gott. Aber daß es so arg sei, daß Mädchen so ungeschämt dem Trunk sich ergeben, daß die öffentliche Meinung sich gar nicht darüber aufhalte, weil es etwas Gewohntes war, daß Spiel und Unzucht so öffentlich sich dazu geselle, das hatte ich mir doch nicht gedacht. Und was müssen das bereits für Eltern sein, welche dieses zugeben können? Und was muß das erst für Kinder geben von diesen so verwahrlosten Mädchen?

Das waren die Gedanken, die wie Gespenster mein Lager umgaukelten. Sie erhielten mich wach. Ich mochte mich drehen, auf welche Seite ich, wollte, so verfolgten mich die fünf Mädchen, die Maß Branntwein, ihre Buhlen und ihre Kinder. Und wenn ich am Einschlafen war, so hörte ich Jammer und Wehgeschrei liederlicher Eltern, denen verwahrloste Kinder das Herz brachen. Und wenn dieses Geschrei verhallt war, so rollte das ganze Land vor mir auf, eine unendliche Wüste von Jammer und Elend, voll Branntwein, voll darin zappelnder, ertrinkender Menschen. Es war anzusehen wie die Tage der Sündflut.

Es dämmerte der Morgen, und im Bette mochte ich nicht mehr sein. Da stund ich auf und trat hinaus in die kühle Morgenluft. Eine Pfeife sollte mir die Grillen vertreiben. Während ich so herumstund, die rauchigen Hütten betrachtete und bei mir dachte, wer doch wohl alles darin schlafen möge und wie, kam hinter mir her ein alter Bauersmann mit einem Wässerschüfeli auf der Achsel, einem Pfeifchen im Munde und mit beiden Händen in den Taschen grübelnd. Bei mir stillestehend, sprach er: »Verzeiht, Herr! Ich glaube, ich habe den Schwamm vergessen, gehe nicht gerne heim und nicht gerne mit kalter Pfeife auf die Matte; wolltet Ihr nicht so gut sein, mir aus meiner Not zu helfen?« Ich tat es bereitwillig, und während ich ihm das Feuer rüstete, fragte er, woher ich so früh komme. Man sehe sonst die Herren nicht so früh aus den Federn. Ich gestand, daß es mir sonst auch nicht begegne, daß ich aber, hier im Wirtshaus übernachtend, nicht hätte schlafen können. Das gehe einem manchmal so in den Wirtshäusern, meinte er.

»Mir sonst nicht«, antwortete ich; allein hier sei es darnach gegangen. Ordnung sei allerdings nicht die beste, entgegnete er; aber da werde heutzutage nirgends ein großer Unterschied sein. Das, was ich gestern hier gesehen, hätte ich doch noch nirgends wahrgenommen, sagte ich ihm, und wenn er mich mitnehmen wolle auf seine Matte, so wolle ich es ihm erzählen.

Ich berichtete ihm nun die ganze Geschichte. Er tat gar nicht verwundert, zog meine Worte nicht in Zweifel. Das sei leider so, gehe alle Tage so; es sei noch viel, daß nicht noch mehr Mädchen und Weiber mit ihren Männern da gewesen seien. Er begreife aber nicht, wo das hinaussolle. Wenn es so fortgehe, so müßten die Menschen mit Leib und Seele, mit Haus und Hof zugrunde gehen. Eins stecke immer das andere an; so wandere das Elend von Haus zu Haus wie eine ansteckende Krankheit. Doch hoffe er, der Vater da droben werde dieser Krankheit auch Ziel und Schranken zu setzen wissen zu seiner Zeit wie jeder andern Krankheit.

Mich wundere nur, wie das so auf einmal habe einreißen können, sagte ich, und wie Mädchen auf einen solchen Grad könnten gebracht werden.

»Guter Freund, Ihr fragt viel auf einmal«, antwortete der alte Mann; »man sieht wohl, daß Ihr von den Herrenleuten seid, die immer einen Mund voll Sachen nehmen und daher keine recht kosten, keine recht verdauen. Das Branntweinelend ist nicht auf einmal eingerissen, sondern nach und nach. Seit dem Sechzehnerjahre, wo der Wein so teuer war, nahm es immer zu. Seit der Zeit besonders benutzt man die Bätzeni so wohl. Seit der Zeit vervollkommneten sich die Brennereien, lernte man besonders die Erdäpfel benützen; und seitdem man weiß, daß man aus dem Abgange derselben das beste Mastfutter für Kühe zieht, entstehen die Brennereien zur

Verbesserung magerer Höfe allenthalben wie Pilze; denn wenn man eine doppelte Besatzung und zwölf Kühe statt sechs halten kann, so ist es möglich, einen Hof in ganz andern Stand zu stellen. Je mehr Brennereien es gibt, desto wohlfeiler wird das Brönz der Konkurrenz wegen; das von außen eingeführte macht nicht alles aus. Je wohlfeiler aber das Brönz ist, desto mehr wird es getrunken von der ärmern und an manchen Orten auch von der bessern Klasse; denn die spart das Geld auch gerne. Hoffentlich werden aber die weisen Leute bald etwas Besseres aus den Erdäpfeln zu machen ersinnen als Brönz oder werden ersinnen, das Brönz zu etwas Besserem zu gebrauchen als zum Trinken.«

Wie die fünf Mädchen zum Trinken gekommen, berichtete er mir, nachdem ich ihm ihre Namen genannt und ihre Personen beschrieben, folgendermaßen: »Die Mädchen kenne ich gar wohl«, sagte er, »und ihren ganzen Lebenslauf. Ich bin ein altes Mannli und brauche für die Gschrift den Spiegel; aber, was rund um mich vorgeht, das sehe ich gar klar und deutlich. Auch mein Gedächtnis schwachet mir, was ich heute in einer Zeitung lese, habe ich morgen vergessen; aber was ich selbsten höre und sehe, das entschlüpft mir selten mehr. So hat sich gar mancher Lebenslauf vor mir angesponnen und abgesponnen, und ich könnte Ihnen manchen merkwürdigen und lehrreichen erzählen, ohne viel daran zu fehlen.

In der Sünde Elend führen gar viele Tore; aber nur einen Ausgang hat dieses zeitliche Sündenelend. So führt auch mancher Weg zum Laster der Trunkenheit, verschiedenen Anfang nimmt das Branntweintrinken; aber in verschiedener Gestalt freilich wartet allen Säufern das gleiche Elend. Wie so ein Laster beginnt, den Keim dazu, erkennen die Menschen gar selten; ja, sie streuen mit eigener, unkundiger Hand den Samen aus und schreien dann zetermordio, wenn der eigenen Aussaat Frucht aufwächst. Ja, auch noch bei seiner Geburt und dem ersten Aufwachsen erkennen die Menschen das Unghür nicht, das werden wird, sondern tätscheln und liebkosen es wie ein Schoßkind. Es ist gerade, wie manche Mutter einen Ausbund von Schönheit an ihrer Tochter erwartet, und am Ende hat sie ein tiefäugig, krummbeinig Speckgesicht.

So waren auch diese fünf Mädchen in verschiedener Lage, und verschieden packte sie die Sünde an.

Marei und Lisabeth scheint Ihr besonders auf der Mugge zu haben, Herr, und doch verdienen sie ganz besonders Euer Erbarmen; ja, sie verdienen es eigentlich alle fünfe. Andere Leute haben das aus ihnen gemacht, was sie jetzt sind. Wenn die Alten wüßten, wieviel Kinder sie verpfuschten, es würde ihnen schwarz werden vor den Augen. Aber sie wissen es nicht; und wenn sie selbst ein Kind verhunzt haben, so soll die Regierig daran schuld sein oder der Schulmeister oder die ganze Welt.

Marei ist armer, schlechter Leute Kind. Der Vater ist faul, die Mutter ist faul. Der Vater stellt sich lieber krank, als daß er arbeitet, die Mutter läßt lieber aus dem Spreusack, auf dem sie liegt, alles Spreu herauslaufen und liegt auf dem harten Boden, als daß sie ein Loch zunäht. Beide schimpfen über die ganze Welt, sind mit gar nichts zufrieden; denn wer mit sich selbst nicht zufrieden sein kann, der kehrt gerne diese Unzufriedenheit gegen alle anderen Leute statt gegen sich selbst. Sie haben mit ihrem bösen Maul in der Gemeinde es so weit gebracht, daß alle sie fürchten, daß sie besteuert werden müssen und daß sie doch machen dürfen, was sie wollen, ohne daß jemand ihnen Vorwürfe zu machen wagt.

Von Jugend auf wurde nun dieses Kind zum Betteln gehalten, und es verstand dieses Handwerk aus dem Fundament. Es war bei keinem Hause abzutreiben; ja, wenn ein Haus mehrere Türen hatte, so bettelte es vor jeder Türe in der Hoffnung, daß nicht die gleiche Person bei jeder Türe erscheine. Es gelang ihm bei einem großen, jedoch nur von einer Familie bewohnten Hause, welches drei verschiedene Türen hatte, vor jeder Türe einen Kreuzer zu erhalten, und das wahrscheinlich mehr als einmal, weil immer eine andere Person zum Vorschein kam. Aber diese Kreuzer brachte es nicht alle heim. Nach Art der Bettlerkinder brauchte es den bessern Teil für sich für Lebkuchen, Haselnüsse, Kastanien etc. und mutmaßlich auch für Branntwein, denn solchen beginnen auch die Bettelkinder zu trinken; und Weiber, die auf Brücken feilhalten, und Leute, welche brennen, sind heillos genug, diesen Kindern Branntwein zu geben, ja, sie dazu noch anzutreiben. Auch geschah, daß in den längsten Tagen, wenn es schön warm war und man es gut erleiden mochte draußen und die Zimmermeister nicht Gesellen genug wußten für ihre viele Arbeit, großen Lohn geben und doch nachsichtig sein mußten, der Alte seine Axt ergriff und einige Zeit mit einem Meister ging, um einiges Geld zum Gutleben zu erzimmern. Nun geschah oft, daß das Mädchen dem Vater das Essen tragen mußte, wenn sie im Verding oder im großen Taglohn arbeiteten. Nun sind Arbeiter, die meinen, sie könnten es nicht aushalten, wenn sie des Tages nicht zwei- bis dreimal Branntwein haben, und zu diesen gehörte Mareis Vater auch. Wenn nun so ein Vater Branntwein trinkt, so wird er sicher es nicht übers Herz bringen, seinem Kinde, das ihm das Essen bringt, nicht zu sagen: ›Sä, nimm e Schluck, du mast sauft; seh, nimm ume, er macht dr wohl!‹ Der Vater meint, weil er ihn gut dünke, so müsse er auch das Kind gut dünken; und selten ist ein Vater so hochherzig, daß er dem Kinde nicht zu diesem Gutdünken verhilft, ja, er schimpft es aus, wenn es sich zuerst weigert, von seinem Anerbieten Gebrauch zu machen. So lehrte wahrscheinlich der Vater selbst das Mädchen trinken, und aus erbettelten Kreuzern verschaffte es sich später das Vergnügen selbst.

Nun geschah, daß man einmal in der Gemeinde das Herz in beide Hände nahm und den Eltern dieses Kind wegnahm, weil es nie in die Schule, sondern nur dem Bettel nachging, damit doch etwas aus ihm werde und es arbeiten lerne. Das war ganz recht und schön; aber die Eltern taten gar gewaltig wüst darüber, denn mit ihm verloren sie ihren halben Brotkorb. Nun aber kam das Mädchen zu den ruchlosesten Menschen von der Welt, weil gerade an ihnen die Reihe war, ein Kind von der Gemeinde zu nehmen; denn die Kinder wurden zum Teil noch verteilt auf die verschiedenen Güter. Und die Gemeinde hatte noch nie das Herz in beide Hände genommen, zu erkennen, daß Leuten, die ruchlos, übel beleumdet und die bereits Kinder schmählich verwahrlost hatten, keine Kinder mehr sollten anvertraut werden. Diese Leute waren nicht viel besser als die Tiere; ein Laster von einer Tugend zu unterscheiden waren sie durchaus nicht imstande, frohlockend rühmten sie sich der schändlichsten Dinge. Saufen war ihre tägliche Freude und ein Kind füllen ihnen eine wahre Burgerlust. Sie reizten die Kinder zum Stehlen, Fluchen war ihr Beten, und wahrscheinlich legten sie das Mädchen noch mit Knaben ins gleiche Gaden, wenn nicht ins gleiche Bett. Kurz, das sind Leute, von denen man sich wahrhaftig kaum eine Vorstellung zu machen imstande ist, und dazu noch Leute von Vermögen; denn sie hätten sonst nicht ein Gut. Und zu diesen kam das Mädchen, damit es besser erzogen werde. Nun kann man sich denken, wie es dort besser wurde und was es lernte. Verwahrlost kam es hin, und verwahrlost in Grund und Boden kam es nach zwei Jahren von dort wieder, hatte die Gemeinde gekostet und gab den Eltern ein Recht, über die Gemeinde zu lärmidieren, daß es ein Graus ist. Will man eine gute Sache machen, so muß man den Mut haben, sie ganz gut zu machen, sonst wäre viel besser, man ließe sie ganz sein; denn macht man sie halb, so macht man sie nur schlimmer.

Obgleich Marei nicht lesen konnte, wurde es doch unterwiesen und kam ab der Gemeinde wieder zu seinen Eltern. Dort trieb es das Betteln fort, und ich glaube, es pfuschte den Ländermädchen auf den Straßen und in Wäldern ins Handwerk. Doch erleidete ihm das Dasein besonders im Winter; es konnte in keinem Bette schlafen, weil sie keins hatten, mußte die Nächte, mit Hudeln bedeckt, auf dem Ofen zubringen, um die es sich noch mit seinen Geschwistern streiten mußte. Es war hoffärtig, oder nach Hoffart stand wenigstens sein Sinn, und zu Kleidern konnte es nicht kommen zu Hause. Brachte es Geld heim, so mußte es dasselbe hergeben; brachte es Kleider heim, so konnte es sie nirgends einschließen; wer derselben zuerst habhaft wurde, trug sie. Das erleidete ihm; es suchte Platz als Magd, aber nirgends konnte es lange sein. Wenn man Marei hörte, so war es bei lauter schlechten Meistern, wahre Kannibalen gegen Dienstboten, Arbeiten hätte es sollen wie ein Roß, fressen was eine Sau, sich behandeln lassen wie ein Hund; kurz, wenn man Marei hörte, so hätte man plärren mögen vor lauter Mitleid. Wenn man aber die Meisterleute hörte, vernahm man andere Dinge; von Schnausen, Nichts-sicher-Sein, Faul-Sein, Unverschämt-Sein, Anlässig-Sein, kurz, dieser Sein war kein Ende. So kam Marei nie zu Kleidern, und es schimpfte fürchterlich, es sei gar nichts mehr, zu dienen; allbets sei es viel besser gewesen, da hätte man noch Lohn bekommen und nicht nur können Kleider machen lassen, sondern auch noch vorgespart. Es bedenkt aber nicht, daß allbets die Mädchen nichts anders wußten als von Arbeiten und nichts von Branntweintrinken.

Jetzt scheint es ihm gut zu gehen. Es ist bei Leuten, wo der Mann ein Geizhals ist und meint, es solle gar nichts gebraucht, alles verkauft und das Geld hübsch beiseite getan werden. Die Frau ist anderer Meinung, sie frägt dem Schinden nichts nach, ißt und trinkt gerne gut und arbeitet sowenig als möglich. Man kann sich denken, wie dieser Mann und seine Frau zusammenpassen. Jedes folgt seinem Kopf und will leben rücksichtslos auf das andere. Der Mann ficht mit Gewalt, die Frau mit List. Der Mann schließt alles Geld ein, flucht und tut wie ein angeschossener Bär, wenn er Geld geben soll oder etwas auf den Tisch kömmt, das hätte verkauft werden sollen. Die Frau hilft sich so gut als möglich und stiehlt dem Manne, was sie kann; ja, sie soll sogar für sieben Kreuzer zu allem gut genug gewesen sein. Bei diesen Leuten ist nun diese Magd und scheint da herrenwohl, sogar der Alte rühmt, er hätte nie eine solche gehabt. Sie weiß ihm zu flattieren und ißt vor seinen Augen fast nichts; das hat ihr sein Herz gewonnen, und er traut ihr mehr als seiner Frau, und diese Frau macht der Magd vor ihrem Mann lauter saure Augen. Und doch soll ihre Freundschaft gar innig sein, wenn der Mann es nicht sieht. Beide spielen einander in die Hände; was eine nicht stehlen kann, stiehlt die andere; was eine nicht verflöken kann, verflökt die andere. Und wenn der Mann sehen müßte, wie gut Frau und Magd im Obergaden essen und wieviel Eier, Fleisch, Knöpfli, Käs, Brönz, Wein da oben verspiesen wird, würde er sich die Haare ausraufen. Da hat nun Marei recht gute Händel, ist beider Augapfel, hat Geld zu allen möglichen Dingen und wird daher wohl für sich zu sorgen wissen und nicht nur den Mann, sondern auch die Frau betrügen.

So ward Marei, was sie ist.

Mit Lisabeth hat es eine ähnliche Bewandtnis. Sie ist die Tochter eines Schuhmachers und einer Wäscherin, hat einen ganzen Rudel Geschwister und wohnt in einem Schachen. Das ist schon viel gesagt; denn in einem Schachen wohnen gar allerlei Leute, weil alle dahin sich ziehen, die wenig Hauszins zahlen mögen oder können. In einem Schachen wohnen daher die Leute ineinandergepökelt wie Häringe in einer Tonne. In diesem Schachen waren noch dazu mancherlei Gewerbe, Flößer sogar und Gießer, Gevatter Schneider und Handschuhmacher, Schleifer und Besenbinder, Strählmacher und Strumpfweber, Fischer und Geiger, Schafhändler und Galanderierere, Keßler und Glätterinnen, Schweinmetzger und Lumpensammler, Korber und Sägefeiler, Hühnerträger und Weiberhändler, Schröpferinnen und Kübelibinder etc. etc., und diese Gewerbe zogen viele Handwerksburschen dahin. Nicht weit davon war sogar eine Fabrik, und wer derselben nicht näher wohnen konnte, suchte sich wenigstens da festzusetzen. So wohnte eine Unzahl von Leute da mit unzählbaren Kindern. Unter ihnen waren recht brave Leute, aber auch viele grundschlechte, und die grundschlechtesten von allen zogen da ein und aus, knipsten, wo und was sie konnten, und verpraßten dann da den Raub. Wer an einem ehrlichen Orte ein unehrliches Gelüsten nicht befriedigen konnte, suchte da seiner loszuwerden. Kurz, es war ein Ort, vor dem es einem schüzelet, wenn man dabei vorbeigeht und man weiß, was da alles getrieben wird und wie frech und ungestraft. Es gibt Menschen, deren Anblick einen anstößt, denen man gerne zehn Schritte vom Leibe bleibt; es gibt aber auch Orte, wo es einem erst wieder recht wohl wird, wenn man sie eine halbe Stunde im Rücken hat.

An diesem Orte wurde Lisabeth geboren und auferzogen. Vater und Mutter waren überkindet und hatten für gar nichts Augen, Ohren und Nase, als für sich durchzubringen und alle Tage einen Kreuzer zu verdienen, damit alle sich halb sattessen und es alle Wochen noch einen Märitgang erleiden möge. Sie nahmen gar keine Zeit, mit den Kindern sich abzugeben; wenn sie ihnen nur vor den Füßen wegkamen, so waren sie zufrieden. Sie etwas zu lehren, zur Arbeit anzuhalten hätte ihnen zu viel Zeit weggenommen, und sie in die Schule zu senden, das hätten sie dem Dolders Pfaff nicht zu Gefallen getan. Das jüngste mußte von den älteren gehütet werden; aber je weiter diese mit ihm vom Hause wegkamen, so daß die Eltern es nicht schreien hörten, desto lieber war es ihnen. So brachten die Kinder ihre meiste Zeit auf der Gasse zu und da, wo etwas ging, das ihnen wohlgefiel, und was das eine aufschnappte, das berichtete es den andern. Sie konnten halbe Tage bei der Pinte sitzen und sich an den Worten und dem Tun ergötzen, das da wahrnehmbar war.

Das Lisabethli war ein lustig, frisch Mädchen, aber von niemand zurechtgewiesen, ein frech Mädchen; es drängte sich allenthalben hinzu, wo es etwas zu erhaschen gab, und wenn es jemand essen oder trinken sah, so ruhte es nicht, bis es auch etwas davon erkriegte. Es wurde der Liebling der Handwerksburschen, die dort im Schachen hausten. Es gibt eine Klasse von sehr honorigen Handwerksburschen, aber die war in jenem Schachen nicht zu finden. Jeder Sauniggel zog sich dort zu, und ein je ärgerer er war, desto länger blieb er dort. Um sie herum sammelten sich noch andere Kerls ähnlichen Schlags und manchmal noch solche, die über Unfug wachen sollten, und da ging, was konnte und mochte; und man sollte meine, da sei in Rußland geschehen, wo man sich damit tröstet, daß der Kaiser weit sei. Nun waren viele dieser Burschen ruchlos genug, mit diesem Mädchen schauerlich umzugehen; niemand achtete sich darauf. Die Mutter war Wäscherin dieser Burschen, das Mädchen mußte Wäsche austragen; und was bei der Übergabe alles ging und was für Trinkgelder es erhielt, will ich nicht erzählen. Der Vater hatte hie und da auch einen Gesellen oder einen Lehrbuben, und mit dem Lehrbuben trieb das Lisabethli dann, was es von den Gesellen gelernt hatte. Da aber in diesem Schachen nichts ohne Branntwein zugehen konnte, so lernte das Meitschi diesen auch trinken nach Noten und lernte bei den Abendsitzen, denen es beiwohnte, zu dem Trinken auch spielen. Ja, es geht die Rede, daß in diesem Schachen der Branntwein die Milch ersetze, daß man zum Frühstück, zum Mittag-, zum Nachtessen Branntwein in Kacheln auf dem Tische habe, Brot darein brocke oder ihn zu der Erdäpfelrösti mit Löffeln esse wie an ordentlichen Bauernörtern die Milch. Möglich, daß es in des Meitschis Vaterhaus ebenso zuging.

Als es älter wurde – groß kann man nicht sagen, denn es blieb ein kleiner Stungg, die Krone war abgebrochen worden –, sollte es etwas verdienen; aber es konnte nichts, es kam mit keiner Sache irgendwohin, weil es in keiner Übung hatte als im Maul Gebrauchen und mit Buben Händeln. Da begehrte der Vater auf einmal über das Meitschi auf, es hätte nun plötzlich alles können sollen. Lisabethli hatte aber einen bösen Kopf, ließ sich nicht viel sagen und begehrte auf wie ein Rohrspatz. Endlich vermittelte die pfiffige Mutter: Lisabethli sollte in die Fabrike gehen. Das war dem Vater recht, gab es doch da etwas zu verdienen, war dem Meitschi recht, der vielen Gelegenheiten wegen, die es da hatte auf dem Hin- und Herwege und um die Fabrik herum, und weil es seine Arbeit am Schatten machen konnte. Es klagte immer, an der Sonne kriege es geschwollene Beine.

Es trieb nun das Fabrikgehen und wurde um nichts besser; es alterte – wuchs, kann man nicht sagen – heran zu einer lüsternen, unterwiesenen Dirne, mußte aber die Fabrik verlassen, warum sagte man nicht. Daheim wollte man es nicht dulden seines bösen Maules, seiner Meisterlosigkeit wegen; dienen bei Bauern wollte es auch nicht der Sonne wegen, an die es sich doch hätte wagen müssen. Es wollte nun eine Herrenjungfer werden und suchte Dienstplätze in einem Herrenhause; am liebsten wäre es nach Bern gegangen, weil es dort am ersten auf eine reiche Heirat hoffte trotz seines abgegriffenen Gesichtes. Es hatte gehört, daß dort gar reiche Herren seien. In einem Herrenhause, stellte es sich vor, hätten es alle Bewohner wie Herren und es wie eine Herrenfrau, könne am Kaffeetische sitzen und, wenn es nicht mehr Kaffee möge, in den Keller übers Brönz, und die Arbeit mache weiß Gott wer, vielleicht Gott selbst, auf alle Fälle nicht es an seinem Kaffeetische oder hinter seiner Flasche.

Da nun aber seine Hirngespinste nirgends in Erfüllung gingen, da man seine unverschämte Zunge, sein Lügen nirgends lange ertrug, so konnte es nirgends lange sein, konnte am Ende, wie es sagte, die Sklaverei nicht mehr ertragen, in welcher es nicht alle Abende seinen Schätzen nachlaufen, nicht alle Sonntage irgendeiner Hudelten zusteuern und halbe Nächte fortbleiben konnte. Es segelte wieder nach Hause, gibt sich vorgeblich mit Wollenrüsten ab, denkt aber gar nicht an seine Arbeit, sondern an seine Buben und stellt, wo es nur kann, sich mit seinen schliefrigen Augen jedem Schlingel unter die Nase, hoffend, er werde erst sein Schatz, dann sein Mann. Denn heiraten, heiraten will es fürs Teufels Gewalt durch jedes Mittel; im Heiraten hofft es seine Seligkeit und Branntwein genug in alle Ewigkeit.

So ward das dicke Lisabeth, was es jetzt ist.«

Der alte Mann leitete unterdessen emsig Wasser auf und ab, flotschte mit seinen drei Zoll hohen Holzbödenschuhen keck im Wasser herum, wohin ich ihm mit meinen Stiefelchen nicht folgen konnte. Nachdem er ein halb Dutzend kleiner Bretter mit der Schaufel herausgewogen und anderwärts mit der schmalen Seite der Schaufel wieder eingeschlagen, Erdschollen säuberlich beiseite gesetzt und sie wieder bei den frisch eingesteckten Brettern zurechtgedrückt hatte, stützte er sich auf sein Schäufelchen und sah ernstlich zu, wie das Wasser ab- und auffloß, nahm hier eine Scholle weg, legte dort eine andere zu, hob hier ein Brett einen Zoll höher, gab jenem dort einen oder zwei abgemessene Schläge, alles mit einer Miene, daß man sah, er sei ganz mit Leib und Seele bei seinem Werke, daß er wohl wisse, was er mache, daß er wie ein getreuer Vater mit aller Sorgfalt jedem Gräschen das Maß Wasser zukommen lasse, welches dem Gräschen heilsam sei.

Oh, sie ist gar rührend zu schauen, diese Sorgfalt im kleinen wie im großen, und dankbar schienen die Gräschen sie anzuerkennen. Alle sahen so freundlich zu ihrem Pfleger auf, und jedem schimmerten ein oder zwei Tränchen in seinem grünen Äugelein. Freundlich sah der Alte sie an, eins nach dem andern, ob jedem auch wohl sein Teil werde; und als er sah, wie allen so wohlbehaglich ward und wie munter sie sich aufreckten im kühlen Wasser, da sagte er traurig: »Ja, Gräschen kann ich erquicken und grünen lassen zu Tausenden, und sie verkünden ihres Schöpfers Lob und Ehre; aber Menschen muß ich schaurig verderben sehen, kann von ihnen nicht ableiten das giftige Wasser, sie nicht erquicken mit dem gesunden Wasser, das Gott so reichlich und ohne Mühe uns sprudeln läßt; sie, die zu Ebenbildern Gottes geschaffen sind, leben zu Schmach und Ärgernis und liegen in Sünden zu Hause, während jede Blume in den Matten, jedes Vögelein in den Zweigen den Schöpfer preist! Heute, am Tage des Herrn, wer ist's, der ihn heiligt, das grüne Gräschen im kühlen Wasser oder das versoffene Mensch in seinem stinkenden Bette? Ja, und Stüdi und Lisi hätten auch schöne Blumen werden können in Gottes Garten, wenn die Welt nicht gewesen wäre; das tut einem so weh, und der kurzsichtige Mensch möchte Gott fragen:›Herr, warum hast du das an ihnen geschehen lassen?‹ Und schwer kömmt es ihn an, diese Frage mit der Antwort zu stellen: ›Des Herrn Wege sind wunderbar und seine Gerichte unerforschlich!‹ Doch werde auch ich ungerecht«, sagte der Alte nach einigem Sinnen. »Hätten doch Marei und Lisabeth nicht ebenso schöne Blumen werden können in Gottes Garten, wenn das Verderben sie nicht so frühe erfaßt, den Körper zerstört, den Geist niedergetreten und der ganzen Erscheinung den Stempel unaussprechlicher Gemeinheit aufgedrückt hätte? In Stüdi und Lisi erkennt der Mensch noch das Höhere, Bessere, die äußere Hülle ist noch nicht ganz zerstört, sie erzeugt unwillkürlich ein trauriges Gefühl durch den Anblick des Gegensatzes zwischen ihren Anlagen und ihrer gegenwärtigen Erscheinung; das Auge wird bestochen, und das Mitleid für das sichtbar Bessere in ihnen redet laut. Bei den beiden andern wird das Auge nicht bestochen, man fühlt kein Mitleid mit ihnen, weil man sie zu nichts Besserem bestimmt glaubt, weil man keine Spur mehr sieht von dem, was sie hätten werden können. Ist das aber nicht ungerecht, verdienen sie nicht eben deswegen das meiste Mitleid, weil der Mehltau des Lasters sich so früh bei ihnen angesetzt und die ganze Pflanze bis zur Unkenntlichkeit zerstört hat?«

So schwatzte der Alte auf sein Wasserschüfeli gelehnt, und mit großen Augen sah ich den philosophierenden Bauer an und sah dann um ihn herum, ob nicht etwa ein Professor hinter ihm stehe und für ihn rede; aber ich sah niemand als den alten Bauersmann und sein Wasserschüfeli.

Das kam mir ganz wunderlich vor, daß im Kanton Bern da Bauersmann so rede und daß so nahe bei so viehischem Sinn so tiefer Sinn wohnen sollte. Der Alte sah meine Augen wohl, aber er verwunderte sich nicht darüber, brachte sie auch nicht in Rede, sondern erzählte mir dann auf meine Bitte noch das folgende. Jetzt würde ich mich über den Alten nicht mehr verwundern, denn fand ich doch seither im Kanton Bern noch mehrere Männer in Zwilch und Halblein, deren einer an tiefem Sinn und gesundem Denken mehr wog als zehn ordentliche oder außerordentliche Professoren samt ihren Brillen, ihrer Kompendiengelehrsamkeit, ihren verrückten Theorien und fabelhafter Arroganz.

»Stüdi«, sagte der Alte, »war ein gar liebliches Mädchen von Jugend auf, sinnig und gar nicht so wild und ungestüm wie die andern Kinder. Es war immer, als ob es etwas Apartes denke, und doch wußte es zu tun, was es einem an den Augen absah, und sah immer gar reinlich aus; es war recht, als ob der Dreck sich nicht an das Mädchen wage. Sein Vater war Fuhrmann, führte ein etwas liederliches Leben, wozu Fuhrleute sich gerne verführen lassen, und starb früh. Seine Mutter hatte anders geheiratet, bekam Kinder, und das Mädchen hatte es gar bös; es hätte nirgends sein und doch alles machen sollen. Seine Stiefgeschwister waren häßliche böse Dinger und quälten das Schwesterchen gar sehr, und der Vater mochte je länger, je weniger leiden, daß Stüdi so hübsch, seine Kinder so häßlich seien. Und Stüdi, als ob es zum Trotz wäre, wurde alle Tage lieblicher und hatte gar etwas Apartes an sich; es war fast, als ob es ein Herrenkind wäre, und es wurde ihm auch oft vorgehalten, wie vornehm es sich gebärde.

Ich wohnte nicht weit von ihnen, hatte das Mädchen immer im Auge und ein absonderlich Wohlgefallen an ihm gehabt. Sooft es an meinem Hause vorbeiging, hatte ich ein Wort für das Mädchen und erhielt dafür eine freundliche Antwort. Mein Sohn hat ein Weib genommen und nach Landesgebrauch Kinder erhalten, und ich dachte oft bei mir, Stüdi möchte ich einst zum Kindermeitschi haben. Ein freundlich, reinlich, sittsam Meitschi ist ein wahrer Fund und Goldes wert; leider aber ist es Mode, daß sobald eines fünf zählen lernt, wird es alsobald zu hochmütig, um Kindermeitschi zu sein. Als ich hörte, wie bös es Stüdi habe und wie ungern gesehen es zu Hause sei, ließ ich ein Wort davon Stüdi fallen, und als es gar nicht unabgeneigt schien, redete ich dafür mit dessen Mutter. Die sagte mir, ihr wäre es recht; je eher Stüdi fortkäme, desto lieber wäre es ihr; es sei ganz verstockt, sie könne gar nichts mit ihm anfangen. Aber es habe eine gar grausam vornehme Gotte in Bern, die sei Köchin bei einem alten Junker Landvogt, und die habe neulich geschrieben, sie wolle nächstens hinauskommen und dann sehen, was mit Stüdi anzufangen sei. So müsse sie nun warten, bis diese käme, um mir den Bescheid zu geben. Sie möchte die Gotte nicht böse machen, Stüdi könne vielleicht von ihr erben; sie sei fett wie der Amme, habe alle Tage vornehm zu essen, Weißbrei und Birenschnitze und Fleisch, sie wisse nicht, wie oft in der Woche; wenn daher nicht bald ein Schlagfluß – Gott bhüt is davor! – sie treffe, so wisse sie nicht, wer an Schlagflüssen mehr sterben solle.

Die Gotte kam bald, und ich erhielt einen abschlägigen Bescheid. Dreißig Jahre hatte die in Bern gedient und einen Stolz eingesogen, ärger als ihr alter Landvogt einen haben mochte. Sie betrachtete die Bauern wie Hottentotten oder Neufundländer und das Leben auf dem Lande so, als ob das Fegfeuer ein Tanzsaal dagegen wäre. Sie schimpfte gar lästerlich über das Bauernvolk, als ob sie von einem spanischen Herzog abgestammt wäre und nicht von einer armen Schaubhüttlerin; bei jeder Gelegenheit warf sie mit ›Baurenpack‹, Baurenflegeln und ›Lümmeln‹ um sich. Bei solchen wollte sie nun ihr Gotteli, das ihr gar wohlgefiel, nicht lassen. Sie könnte es vor Gott nicht verantworten, sagte sie, wenn sie es in den Händen dieser Lümmel ließe, daß sie es hielten wie ein Haustierchen, alle Jahre für ein Paar Stumphosen und ein Paar Holzschuhe ihm zu fressen gäben, was die Säue nicht möchten, und an der Fastnacht Küchli, die kein Hund verdauen könnte, durch die man mit keiner Waldsäge käme, bei denen es würde so schwarz wie eines Schwarzwälders Hosen und so dumm bliebe, daß es nicht wüßte, wo in Bern der Weibermärit sei und der Guldige Adler. Nein, vor Gott könnte sie das nicht verantworten, man soll es dem Bauernlümmel nur sagen. Sie wolle etwas an das Meitschi wenden und es zu einer Näherin tun; wenn es nähen könne, so schickte es sich perfekt für eine Kammerjungfer. Sie kenne eine Näherin, die auch eine Zeitlang in Bern gedient und jetzt Witfrau sei. Die wisse doch, was Manier sei und daß ein Unterschied sei zwischen einem Hund und einem Menschen. Die werde« ihr schon den Gefallen tun und Stüdi nehmen; da sei es doch anders versorgt als so bei einem halbleinigen Kalb.

Diese Näherin war ein unsauberes Weibsstück, es frug aber dem die Gotte wenig nach; war sie doch in Bern gewesen, und das wog bei der alten Köchin alles auf. Sie war eine von den saubern Witwen, welche ihre Kinder der Gemeinde oder Gevatterleuten aufbürden, um dann ein freies Leben führen, den Krug so lange ins Wasser tragen zu können, bis er bricht. Sie war eine gute Arbeiterin; aber sie arbeitete, um besser zu leben, um ihre Kinder bekümmerte sie sich nicht, sie arbeitete, um Mannvolk damit anzuziehen, ob ihre Kinder Schuhe hätten oder blaugefrorne Füße, focht sie nicht an.

Dieses Weib führte sich nun recht auf wie eine ausgelassene, zaum- und zügellose Witwe. Sie war allenthalben, wo es lustig ging, in Bädern, auf Märkten, hatte allenthalben gute Bekanntschaft und brachte von dort immer Kilter zum Übernachten heim, Männer und ledige Bursche. Sie hatte aber nur ein Bett, und bei ihr mußte Stüdeli, das liebliche Mädchen, schlafen und Zeugin sein von all ihrem Treiben, mußte alle Nächte tiefer und tiefer sich einweihen lassen in das Leben einer geilen Witwe.

Diese Witwe war nun nicht nur eine Liebhaberin vom Mannenvolk, sondern auch vom Trinken; beides ist gerne beieinander. Sie hatte immer eine Flasche von etwas im Schäftchen, bald dieses, bald jenes. Wenn sie nun des Morgens im Winter bei strubem oder kaltem Wetter auf die Stör mußten, nahm sie ein Gläschen zur Herzstärkung, und weil sie gerne das Stillschweigen Stüdelis erkaufen wollte, drang sie ihm auch eins auf. Es nahm dasselbe anfangs gar ungerne, aber das gute Mädchen wollte die Meisterfrau nicht böse machen, meinte, es sei wirklich etwas Gutes und es schicke sich, daß es solches Wasser auch trinken lerne, überwand sich und lernte es trinken. Oft erhielten sie noch an den Orten, wo sie waren, Brönz, um neun oder um drei Uhr, hie und da also dreimal des Tages – ein Mädchen, das noch nicht unterwiesen war! So gewöhnte Stüdeli sich an das Brönz, und es ward ihm Bedürfnis.

Ehe die Lehrzeit zu Ende war, starb die Gotte und richtig an einem Schlagfluß, wie vorausgesagt worden war. Sie hatte am Neujahr ihrem Herrn Landvogt eine Gans gebraten und sie mit Kastanien gefüllt. Der Herr Landvogt aß die beiden Flügel, einen Schinken und auch etwas von den schönen weißen Bruststücken nebst einem Teil der Kastanien; die Köchin versorgte den Rest und mit besonderm Wohlgefallen das Bürzi. Aber es war das letztemal, daß sie Gans gegessen hatten; ehe eine Woche um war, lagen beide im Grabe, sie und ihr alter Landvogt. Nun war es aus mit dem Kammerjungferdienst, und Stüdeli blieb bei seiner Meisterin. Es blieb lange noch ein scheinbar still und sittsam Mädchen, dem man den im Innern hausenden giftigen Wurm nicht ansah. Es wuchs schön auf und hatte Backen wie Milch und Blut und etwas Geschlecketes, daß alles auf ihns sah, wenn es in eine Tanzstube kam. Die Witfrau legte es darauf an, Stüdeli ganz zu ihrer Kumpanin zu machen, munterte es zum Kilterhalten auf, duldete diese in ihrem Bette, kurz, ich mag nicht davon reden. Ein lustiger Bauernsohn fand Gefallen an dem Meitschi und das Meitschi an ihm, und es schien auf einmal ganz eingezogen leben zu wollen, ganz wie ein anderer Mensch. Aber der Vater des Burschen tat wüst, die Meisterin wußte auch ihre Hände trennend dazwischen zu haben, und aus der Heirat ward nichts.

Es schien Stüdeli fast das Herz abzudrücken anfangs, dann aber stürzte es sich köpflings in die Ausschweifungen hinein. Es schien, als ob es der ganzen Welt damit etwas zuleide tun wollte; wie leider junge oder unkluge Leute oft tun, daß sie sich selbst zugrunde richten oder zuschanden machen in der Meinung, jemand anderm wehzutun damit.

Es verließ endlich, wegen eines Buhlen entzweit, seine Meisterin und arbeitete für sich selbst. Es ist eine gute Arbeiterin, hat darum viel zu tun, ist treu, aber nimmt den Branntwein immer lieber, und jedes Mannsbild ist ihm recht; deswegen hat es schon manche Stör verloren. Man glaubt oft, es trinke, nur um zu vergessen, was, in den Hintergrund seiner Seele zurückgedrängt, sich noch immer regt. Es heißt, es habe keinen Schlaf mehr, daher arbeitet es oft Nächte durch und trinkt besonders in diesen Nächten. Im Welschland gibt man in kalten Winternächten spät kiltenden Näherinnen kalte Äpfel, eins ist wohl so gut als das andere. Schon aber zeigen sich die Folgen dieses Treibens immer deutlicher. Der Beruf der Näherinnen auf dem Lande ist ohnehin gefährlich. Die sitzende Lebensart, dazu die schweren Speisen der Landleute, welche sie, obgleich nicht schwer arbeitend, doch mitgenießen müssen, die kalten Füße, welche sie tagelang haben, oder die nassen, wenn sie am Morgen bei schlechtem Wege auf die Stör mußten, haben schon gar manche Näherin ins Grab gebracht. Es stockt das Blut, sein Umlauf etc. wird gehemmt, und böses Blut ist wohl die böseste Krankheit, führt bald zu langen Martern, bald zu schnellem Tode. Wenn dann zu diesem noch der Branntwein kommt bei einer Näherin, der das

Blut so schwer und schwarz macht, wenn man ihn nicht herausschwitzen kann, so mag man sich denken, wo das hinaus muß.

Ich glaube nicht, daß alle Gläschen Branntwein schaden; ja, ich bekenne, daß ich zuzeiten selbst eins nehme, wenn es harter oder kalter Arbeit gilt oder an einem neblichten Morgen ein langes Wässern; und daß er mir da übel mache oder mich schwäche, habe ich nie empfunden. Aber wer eine Gewohnheit daraus macht, ist verloren, ich glaube es; wer die Gewohnheit bereits hat, muß ganz aufhören, halb kann er nicht, ich glaube es; und wer ein Stubenhocker ist, eine sitzende Lebensart führt, ein auf einem Fleck bindendes Handwerk, der soll den Branntwein, überhaupt starke Getränke bleiben lassen, sonst ist er verloren, ich glaube es. Ein Schmied zum Beispiel kann ertragen, was einen Weber tötet.

So scheint es mir mit dem armen Stüdeli zu gehen; es scheint mir bereits das Leben aus seinen äußern Teilen zu weichen, die Hände sehen so kalt und steif aus, daß es einen schaudert bei dem Anblick. Es schüttelt mich bei dem Gedanken, daß es mich anrühre, so eiskalt kommen sie mir vor.

Das Traurigste von allem aber ist, daß das sein Verderben fühlende Stüdi das ihm anvertraute Lehrmädchen auf die gleiche Weise ins Verderben zieht, wie es selbst hineingezogen worden ist.

Bäbeli ist eine Tochter rechtschaffener Leute und wußte von dem allem nichts, was es jetzt mitmacht. Die Leute wollten diese Tochter das Nähen lernen lassen; es käme ihr immer kommod, meinten sie. Sie hatten gehört, daß Stüdi eine gute Näherin sei, dem weitern frugen sie nichts nach. Sie hatten gar keinen Begriff davon, wie Kinder angesteckt und verdorben werden.

Ja, Gott ist groß, wie der Türke sagt, und es muß etwas Herrliches in der menschlichen Natur liegen, und Gott muß, wie der schöne Glaube sagt, mit einem jedem Kinde einen Engel auf Erden senden, daß bei der fürchterlichen Sorglosigkeit so vieler Eltern noch soviel Gutes am Menschen geblieben ist. Treibt einer ein Handwerk gut oder führt er ein gut Mundwerk, man vertraut ihm ein Kind an und fragt nie, ob er das große, allen Menschen aufgegebene Handwerk verstehe, aufzuerbauen das Ebenbild Gottes in seiner eigenen Erscheinung. Tausenden würde man keine hundert Franken ohne Unterpfand und Bürgschaft anvertrauen, aber ein Kind übergibt man ihnen mit Leib und Seele ohne Bedenken.

Ja, schlechten Meistern, denen alle Partikularen in einer Gemeinde keinen eigenen Schuh anvertrauen würden, vertrauen ganze Gemeinden mit Leib und Seele ihre Kinder an. Man sinnet nicht, was es dem Menschen hülfe, wenn er die ganze Welt gewönne und litte Schaden an seiner Seele. Man sinnet nicht, wie schwer das Beispiel einwirkt und wie zart eine Kinderseele für fremde Eindrücke ist. Man sinnet nicht, daß der eine verlorene Seele bleibt, der vollkommen schmieden oder nähen kann, aber an den neuen Menschen, der in Christo uns vorgebildet ist, keine Hand zu legen weiß.

Darum auch wendet man viel größere Sorgfalt auf die Anlegung der Kapitalien als auf die Unterbringung der Kinder. Auf himmelschreiende Weise schickt man Kinder ins Welschland, und himmelschreiend bringt man sie im eigenen Kanton unter, und zwar nicht aus Bosheit, sondern weil man wohl Äcker kennt und Wiesen, Pferde und Kühe, aber nicht der Seele Natur und Wesen, und weil man töricht wähnt, weil man Äcker kenne und Wiesen; Pferde und Kühe, kenne man auch der Seele Natur und Wesen. Aber doppelt töricht ist die Obrigkeit zu nennen, welche diesen Wahn nicht nur bestärkt, sondern in demselben vorangeht. Da muß wohl, was oben sein soll, unten kommen, die Seele in den Staub, während die Füße gen Himmel gabeln.

So hatten auch Bäbelis Eltern nicht darauf geachtet, was Stüdi neben seinem Nähen treibe, hatten ihm das Kind übergeben und die Hälfte des Lehrgeldes vorausbezahlt und wahrscheinlich nun die andere Hälfte auch. Und wenn sie jetzt schon allerlei bemerken sollten, Bäbeli müßte doch bis ans Ende der Lehrzeit bleiben, damit man am Gelde keinen Schaden leide und an nichts Schaden leide, was man sich ausbedungen hat. So nun muß Bäbeli mitmachen, was seine Meisterin macht. Es muß Branntwein trinken, muß bei Stüdis Kiltern schlafen, kann daneben auch seine eigenen haben im gleichen Bett, kann mit ihnen treiben, was es will, oder muß mit sich treiben lassen, was sie wollen, wenn es nicht will ausgelacht sein. So geht das arme Kind einen traurigen Weg, wahrscheinlich seinen Todesweg, und es weiß es nicht. Es hat nichts in sich, das es aufhält, es findet außer sich keine Hand, die es zurückreißt, es wird vorwärts getrieben wider Willen. Es schüttelt sich, wenn es Branntwein trinkt, es weint sicher an manchem Morgen über die vergangene Nacht, und doch trinkt es Branntwein und meidet die beweinten Nächte nicht, das arme, arme Kind!«

Es müsse doch schauderhaft schlecht im Kanton Bern aussehen, sagte ich; eine solche Verdorbenheit finde man nirgends. Nun begreife ich, warum es so kunterbunt hergehe daselbst und man allenthalben anfange, ihn zu verachten und für den schlechtesten zu halten. An andern Orten sehe man doch zu den Kindern und wo man sie hintue.

He, das glaube er nicht, sagte mein seinem Wasser noch immer zusehendes Bäuerlein; er glaube ds Gunteräri, man sei an vielen andern Orten noch viel schlechter, aber weniger aufrichtig. Er habe mir unverblümt sein volles Herz geleert. Ich hätte ihm vernünftig und teilnehmend geschienen, und da hätte er mich nicht an den Hosen geschmöckt, ob ich ein Zürcher oder ein Genfer oder ein Baseler sei, sondern nur aufrichtig seine Meinung gesagt. Er wisse wohl, daß wir Berner hierin dumm seien; Zürcher und Aargauer täten ganz anders, die wüßten das Ding besser anzukehren und jeden Fremden zu überreden, Teufelsdreck rieche bei ihnen geradeso wie an andern Orten Küchli und Eiertätsch. Was die Berner in Mißkredit bringe, sei nicht das Volk, sondern das Ghüder, das immer obenauf schwimme, wenn man die Masse aufrühre, in ordinäri Zeiten bilde es den Bodensatz; solches Ghüder setze sich aber bald wieder zu Boden, man brauche nur ein wenig ruhig zu sein und aufzuhören zu guseln und umzurühren. Das wüßten die Teufelsbuben aber wohl, darum guselten sie immer und rührten beständig von neuem auf.

Nein, das sei es nicht, sagte ich; ich wüßte das Volk wohl von einigen Trinkern zu unterscheiden, aber nirgends hätte ich noch von solchen Dingen gehört und gelesen, noch fünf Mädchen hinter einer Maß Branntwein gesehen.

»Daß Ihr gerade diese fünf Mädchen gesehen, ist ein Zufall, Herr, und daß Ihr mich angetroffen, der ich kein Blatt vor dem Maule habe, ist ein noch größerer Zufall, Herr. Daß Ihr an andern Orten nichts solches gesehen oder gelesen, wundert mich nicht, denn ihr Herren Reisenden und ihr in schwarzen oder guttuchenen Kutten wisset nicht, was vorgeht im eigentlichen Volke. Dem Volke verstehen gar wenige in die Augen zu guggen, so recht aufs Leder hinein. Ich nehme kein Blatt vors Maul, Herr, das habt Ihr gehört! Aber ich kenne auch Welsche und Freiburger, Aargauer und Zürcher, Kantönler und Landschäftler, kenne bsunderlich die Länder; aber ich tauschte wahrhaftig nicht mit ihnen und unsere Mädchen nicht an die gwadeten Ländermädchen und noch an manche andere nicht. Aber wir Berner sind halt zu aufrichtig und sagen es laut, wie wir sind; da schießen dann die andern herzu und schreien: ›Losit, losit, säyt er's nit selber!‹ und verbrüllen uns dann in der ganzen Welt.«

»Ja, aber auch nichts habe ich gelesen, das dem gleichet, was von euch zu lesen steht«, sagte ich.

»Die, welche schreiben können«, sagte er, »kennen gewöhnlich das Volk nicht, und wenn sie's auch kennen, so sind sie eben nicht aufrichtig; was können wir dafür, daß wir solche unter uns haben, die uns kennen von oben bis unten und hinten und vorne und schreiben können und dazu aufrichtig sind und, was sie kennen, geradeheraus sagen? Ist das eigentlich nicht eine Sache, deren wir uns rühmen sollen, die uns vor andern bevorzuget, Herr! Und daß wir solche aufrichtige Menschen nicht totschlagen, sondern uns gerne von ihnen den Spiegel vorhalten lassen, ist das nicht ein Zeichen, daß wir zur Besserung reif sind?«

Das Bäuerlein war warm geworden, und ich fand für gut, abzubrechen, und bat es, daß er mir auf dem Heimweg noch Lisis Geschichte zum besten geben möchte. »Eigentlich sollte ich nicht«, sagte er, »wenn es so gemeint ist, daß Ihr nur fraget, um uns Bernern es aufzurupfen. Und doch will ich es tun, aber mit der Vorrede, daß Ihr zu Hause prüfen möget, daß Selbstkenntnis der erste Schritt zur Besserung ist, prüfen, ob Ihr diesen auch schon getan habt.

Lisi war ein Prachtmeitschi von Jugend auf und eines Vorgesetzten Tochter. Unsere verstorbene Frau Pfarrerin, ein ehemaliges vornehmes Granggelbei, welche vier gelbgrüne Griegglen von Mädchen hatte, schlank wie Haselstecken, meinte oft, Lisi sehe gar so gemein aus, es sei schade um dasselbe, sonst wäre es ein gutes Mädchen. Es leuchtet wie die Gesundheit selbst und war immer drei Zoll größer als die größten Kinder seines Alters. Es war auch ein herzgut Kind, und wo es jemand einen Gefallen tun konnte, scheute es keine Mühe; wo es einem Armen eine Wohltat erweisen konnte, da mußte sie erzwungen sein; wo es jemand bei Vater oder Mutter zBest reden konnte, sparte es weder Worte noch Flattieren. So ward es billig der Stolz der Eltern und der Liebling aller Leute. Wenn man das lustige Lisi von weitem sah, so lachte einem das Herz im Leibe, und ich glaube nicht, daß ein einziger Mensch ihm diese allgemeine Liebe vergönnt hat.

Einzig dem Schulmeister war Lisi nicht ganz recht. Es trieb in der Schule alles mögliche, nur mit dem Lernen mochte es nichts zu tun haben, und der Schulmeister wollte behaupten, es mache sich immer näher zu den Buben, als nötig sei; aber es achtete niemand seiner viel.

Als es vierzehn Jahre alt war, starb in schneller Krankheit seine Mutter. Sie war eine brave Frau gewesen, hatte das Hauswesen meistens geführt, da ihr Mann viel abwesend war, und die Kinder zum Arbeiten gehalten; freilich das Bessere im Menschen zu hegen und zu pflegen hatte sie nicht Sinn, nicht Zeit.

Lisi war das älteste Mädchen und war groß und stark wie ein achtzehnjähriges. Der Tod der Mutter ging ihm zu Herzen, und es fühlte, was ihm jetzt für eine Verpflichtung geworden sei. Es übernahm sie auch kräftig und munter, war früh und spät und schaltete recht verständig, war den kleinen Geschwistern eine rechte Mutter. Der Vater, dem der Tod seiner Frau schwer zu Herzen gegangen war, weil dadurch eine Bürde an ihn zurückfiel, die er auf die Frau übergeladen hatte, mußte nun in der ersten Zeit daheim bleiben, was ihm ungewohnt vorkam. Als er sah, wie sein Meitschi in den Fußstapfen seiner Frau ging, wie alles seinen Fortgang nahm, als wenn seine Alte noch da wäre, freute er sich gar sehr darüber und ging alsobald wieder seiner Wege. Der törichte Vater dachte nicht, welch Unterschied sei zwischen einer vierzig- bis fünfzigjährigen Frau, die durch vierzigjährige Reibungen der Welt in ihr Geleise gedrückt worden, und einem vierzehnjährigen Mädchen, das die Welt erst zu berühren beginnt, in ein Geleise zu bringen sucht. Der törichte Vater ging seiner Wege, und statt daheim zu seinem hübschen guten Mädchen zu sehen, rühmte er es in den Wirtshäusern, an Steigerungen, Freundlichkeiten; im Gemeindrat schlug er auf den Tisch und schwur: Es Meitschi, wie er heyg, heyg bim Donner kene; er chönn acht Tag furt sy, das gang bim Donner glych; syg er daheim oder nit, sys Meitschi mach alls, un es syg bim Donner erst vierzehjährig, das ungäb einist e Büri, er well usbiete im ganze Lang! So rühmte der Vater das Meitschi auch zu Hause, aber das verdarb es nicht.

Aber andere Leute kamen auch und rühmten es. Liseli war gutherzig, und wo an einem Ort eine gutherzige Person in einer Küche waltet und Spycher- und Kellerschlüssel hat, da riechen es hungerige Leute stundenweit und machen sich herbei mit Rühmen und Flattieren. Da ging nicht manche Stunde vorbei, daß nicht ein runzlicht Gesicht vor der Küchentüre stund und dem an der Feuerplatte schwitzenden Liseli zurief: ›Nei, bim Schieß, so, wie du eis bisch, isch keis uf dr ganze Welt, un wenn si minethalb hundert Stung läng wär. Nei, wie bisch doch aber so hübsch! Es dücht mih, es sötte all Bueba a dr bhange wie dWespeni im ene Hunghafe.‹ So ging es manchmal eine ganze Viertelstunde lang, und wer will es dem gutherzigen Meitschi verübeln, wenn es gerne hörte, wie lieb es die Leute hätten, wenn es gerne hörte, wie alle es gut mit ihm meinten, wenn es bei diesem Lob weich ward, es auch gut mit der Schmeichlerin meinte und seine milde Hand weit auf tat! Was wußte das gutherzige Meitschi von Falschheit und der Tücke der Leute, und wer öffnete ihm die Augen darüber!

Neben diesen Leuten taten auch das mögliche die Diensten und Tauner, um das gute Liseli zu mißbrauchen. Die Mädchen flattierten ihm, eine wollte werter sein als die andere, um mehr zu erhaschen; sie erzählten ihm von Buben, Kiltgang, Schätzele, erregten die Neugierde des kräftigen Mädchens, und was es dann mit halblauter Stimme im Kabisplätz oder beim Jäten oder beim Krautrüsten frug über die dunklen Gadengeheimnisse, das löste ihm bald die eine, bald die andere Magd gründlich und willig auf. Die Knechte hatten ihre Händel mit Liseli, guggten ihm freundlich in die Augen, machten ihm den Hof mit ihren saftigen Redensarten und kamen ihm manchmal mit ihren kuhdreckigen Fingern wohl nahe, und zu einem Müntschi nahmen sie sich auch die Freiheit. Wer will es dem Meitschi verübeln, wenn es sich dessen nicht zu erwehren wußte, wenn es ihm nach und nach gefiel, ein Müntschi ihm wohltat und eine Rede ein eigenes Feuer ihm in sein rasches Blut goß! Wer warnte es, wer gab ihm ein Gegengewicht gegen alles, was auf sein Fleisch eindrang!

Doch das hätte vielleicht noch nicht alles gemacht, findet man ja das gleiche in gar vielen Häusern; aber es war noch eine ganz andere Person in diesem Hause, und derselben muß man Liselis ganzes Verderben zuschreiben. In ihrem Hause war ein Tischgänger, der ein Handwerk trieb, ich sage nicht, war's ein Weber oder ein Schneider, ein Häftlimacher oder ein Druckenmacher; es war auf jeden Fall ein wüster, aber schlauer Bursche, der alle Vörtel zu gebrauchen wußte, um wohl und doch wohlfeil zu leben. Der ging schon lange bei ihnen aus und ein und war oft wochenlang daheim, besonders im Sommer. Liseli, das kochte und die Haushaltung machte, war nun auch oft daheim, wenn alle auf dem Felde waren, oder es war draußen im Hause, während die andern in der Stube spannen. Nun schlich sich dieser verfluchte Tischgänger an das Mädchen wie ein giftiger Wurm in einen schönen Apfel.

Es ist eine ganz eigene Sache, wenn zwei Leutchen zurückbleiben in einem großen Hause, und gar willkommen ist das eine dem andern gegen die Längizyti, und gar heimelig wird es ihnen beieinander, und aus dem Heimelig entstehen oft unheimliche Dinge.

So wußte der Tischgänger dem Liseli sich wert zu machen und lieb, wußte ihm vieles zu brichten und war ihm gar hülfreich bei schweren Geschäften, wo das Meitschi nicht zschlagkommen, niemand anderes rufen konnte. Wenn dann etwas Apartes getan war oder wenn es etwas Apartes im Kuchigänterli wußte, so verstund er Liselis Herz zu erweichen, daß es mit einem Stückli Fleisch oder Küchli heranrückte. Damit lockte er das Mädchen in seine Kammer unter dem Vorwande, er wolle etwas Nasses dazutun, so trocken gehe das Essen gar nicht gut. Dort brachte er bald roten Wein oder Zimmetwasser oder bloßes Brönz hervor und nötigte dem wilden Mädchen auch ein Schlückchen oder zwei auf, und das Mädchen trank ihm diese zu Gefallen und ihm zu Gefallen drei und vier. Zu dem Trinken geht auch ein Schäkern gut, besonders im leeren Haus in einsamer Kammer. Das Meitschi ahnte nichts Arges, wehrte sich, soweit das Wehren es lustig dünkte, und ließ zu, was ihm gefiel, alle Tage ein Stücklein mehr. Man weiß gar nicht, wie unvermerkt und schnell eine Gewohnheit entsteht; so merkte Lisi gar nicht, wie nach und nach ihm dieses Essen und Schäkern mit dem Tischgänger Bedürfnis wurde und wie es ihn mahnte, wenn er es vergaß, und wie es für sich etwas nahm, wenn der Tischgänger nicht zu Hause war, und dann von des Vaters Brönz oder Wein.

Und gar nicht merkt man, wie so eine Gewohnheit wächst, wie aus einem Maulvoll zwei und vier, aus zwei Schlucken ein halb Dutzend, aus einem Müntschi ein wüstes Treiben wird. Gar keine Ahnung hat der Harmlose, Unschuldige, wie schnell ein Spitzbube, der verführen will, seine Absicht erreicht, wenn er den andern am gewünschten Ort hat. So wurde Lisi verdorben, nicht nur ehe es es einmal recht wußte, sondern die verbotenen Genüsse wurden ihm auch Bedürfnis, ehe jemand daran dachte und dem Meitschi es ansah.«

»Aber mein Gott«, fragte ich, »ist's denn so gefährlich in einem Bauernhause? Ich dachte immer, die Verführung fände man nur in der großen Welt.«

»Ja, die Welt ist allenthalben, und wo die Welt ist, ist auch Verführung«, sagte mein Mannli, »und nirgends sind Menschen derselben mehr ausgesetzt als da, wo kein Wächter in ihrer eigenen Brust erweckt wird und kein wachsames Auge die ersten Schritte bemerkt, kein strenger Sinn sie hemmt. Man meint auf dem Lande, in den Städten sei die Verführung und das schlechte Leben zu Hause; ach, wenn man doch die Augen offen hätte für das, was rund um einen in der nächsten Umgebung vorgeht! Und wenn man dann den Dingen allen den rechten Namen geben würde, so würde man sicher nicht mehr den Splitter suchen in des Nächsten Auge und den Balken im eigenen nicht sehen.

Nun tritt aber die wachsende Verdorbenheit immer deutlicher in Taten hervor, wird immer ungescheuter; je mehr man des Lasters Freund wird, desto weniger schämt man sich desselben vor den Leuten. So kochte Liseli apartigs für sich und den Tischgänger, leerte dem Vater im Keller seine Guttern, trieb das Narrenwerk mit Tischgänger und andern immer zügelloser, das gewaltige, mächtige Mädchen, und seine Freigebigkeit, besonders wenn es angetrunken war, ging ins Aschgraue.

Dieses Treiben konnte nicht ganz unbemerkt bleiben, aber es wurde doch nicht ruchbar, und Lisi wußte nicht, was es trieb, und noch viel weniger, daß man auf es merke. Es wurde alle Tage lustiger, sorgenloser, unbändiger; es sah nicht, welches Gewitter über ihm sich zu wölben begann.

Aber die Mägde paßten ihm immer schärfer auf aus Eifersucht und Gwunder, die Knechte begannen allerlei zu düderlen, der Vater konnte den schnellen Verbrauch aller Sachen nicht mehr recht begreifen und wollte nicht fassen, wo Lisi mit Anken- und Eiergeld hinkomme; die Nachbarsweiber begannen zu lächeln und zu zäpfeln miteinander und ihre Fühlhörner hinauszustrecken fast bis an des Tischgängers Kammer.

Da brach eines Morgens das Wetter über das arme Mädchen los. Eine der Mägde hatte, statt Kabis zu beschütten, einen ganzen Abend mit einem Knecht verdahlt und war von Lisi abgekanzelt worden, wie recht war. Die Magd war aber eine Schlange, die stach, wenn man sie trat. Sie suchte und fand eine geheime Audienz bei dem Vater, dem sie schon lange zweggestanden war, wo sie nur konnte.

Als am Morgen Lisi sich allein und sicher glaubte, trieb es, wie gewohnt, sein Wesen mit dem Tischgänger, und als sie am besten dran waren, brach der Vater herein und seine Magd.

Nun gab's eine wüste Geschichte. Lisi wurde geprügelt, der Tischgänger fortgejagt, und somit glaubte der Vater den Schaden radikal kuriert zu haben, während er nun mit der Magd sich mehr abgab, als recht war. Der Tor hatte nichts gemacht als seine Tochter in aller Leute Mäuler gebracht; denn natürlich breiteten die Diensten die Geschichte aus, so weit sie konnten, während er selbst in die Gewalt der Magd kam. Lisis Ruf war auf immer zerstört, und jeder rechte Bursche wandte sich von ihm ab, während jeder Schlechtes im Sinn tragende sich herzuließ. Der Friede im Haus war auf immer dahin. Nun wollte die Magd auch regieren und das Bessere für sich behalten, Lisi der Magd nicht nachgeben, das Gewohnte nicht meiden der Magd zum Trotz. So gab's Streit alle Tage, und Lisi wurde in diesen Händeln alle Tage schlauer und pfiffiger, wußte sein Treiben besser zu vermänteln und meisterhaft Sachen zu verflöken, um Geld zu bekommen. Es brach sogar in den Spycher, nahm aber Spreuer in der Hast statt Korn, für die ihm der Bäcker nichts gab als den Übernamen dSpreuerlise.

Die Magd, die den Alten zu heiraten gedachte, trieb es aber zu arg und ließ ihre Hörnlein zu weit heraus, so daß sie dem Alten erleidete und er auf eine Witfrau mit Geld zusteuerte, weil er glaubte, Lisi eine Meisterin geben zu müssen. Die Magd kam ihm aber über seine Schliche, kam der Witfrau über den Hals, sagte ihr alle Schande und deckte zu gleicher Zeit ihr Leben mit dem Alten auf in der zornigen Hoffnung, dadurch die Witwe von der Heirat abzuschrecken. Das gelang ihr auch. Aber der Alte, dadurch erbittert, jagte auch die Magd aus dem Hause; das war ihr Lohn für ihre Falschheit. Nun war's wieder beim alten im Hause, nur mit dem Unterschied, daß der Name des Hauses zerstört und Vater und Tochter in tiefer Schande waren und bleiben, daß im Hause nun alle Tage Streit ist, den die aufgewachsenen Geschwister Lisis vermehren helfen.

Der Vater kann nicht durchgreifen, nur aufbegehren, wenn er einmal zu Hause ist, und zu Hause bleiben kann er nicht lange; so wird es gehen, solange es kann und mag. Unterdessen schimpfte alle Welt über Lisi, Vater und Brüder, Nachbaren und Nachbarinnen, und kein Mensch hat Erbarmen mit ihm, kein Mensch denkt an seine Verwahrlosung. Es ist gut, daß die Menschen nicht Gott und Richter sind; wenn sie auf heillose Weise Kinder verwahrlost, verführt haben und die angerichtete Verdorbenheit an den Tag kommt, so soll das arme Kind gehängt, geschunden werden; an die, die am Verderben Schuld gewesen, denkt niemand.«

»Aber könnte man Lisi nicht zusprechen, die Augen auftun?« fragte ich. »Ach du mein Gott!« sagte der Alte; »der Herr wird wohl nur ein Gummi sein, daß er so etwas fragt. Dreiundzwanzig Stunden im Tag würde es mir nicht zuhören, sondern mich auslachen, mir vielleicht einen tüchtigen Schmatz geben oder ein Glas Brönz anbieten. Würde ich einmal endlich die glückliche Stunde treffen, so könnte ich es vielleicht weinen machen ganze Melchtern voll; allein das Mädchen hat sein Lebtag nie von Selbstüberwindung gehört, wo soll es den Widerstand hernehmen gegen sein heiß siedend Blut? Die Scham ist dahin, das feinere Gefühl tot, und seine Religion war nie lebendig; so hat es nichts, gar nichts, an dem es heraufgezogen werden oder sich herausziehen könnte aus dem immer enger und schroffer werdenden Abgrund, in den es hinuntergleitet, das arme Lisi!«

Wir waren unter diesen Gesprächen ins Dorf zurückgekommen; hie und da schaute aus dunkeln Fenstern ein ungewaschenes Gesicht, und vor dem Wirtshaus hantierte mit dem Besen die schläfrige Magd, halb angezogen und ihre seit acht Tagen nicht gewaschenen Füße aus verlöcherten Pantoffeln streckend.

Meinen Alten lud ich ein zum Frühstück; allein er schlug es aus, wie sehr ich auch anhielt. Er trinke erstlich keinen Kaffee, das schwarze Gschlüder verderbe nur den Magen, und zweitens wolle er an einem Sonntagmorgen und noch dazu vor der Predigt nicht ins Wirtshaus, es wäre das erstemal in seinem Leben.

Das wäre mir doch leid, sagte ich, wenn ich ihn jetzt zum letztenmal sehen sollte; ich hätte einen gar lehrreichen Morgen mit ihm zugebracht. Das stehe an mir, sagte er; wenn ich wieder herkomme und dem alten Häftlimacher nachfragen wolle, so könne jedes Kind mich zu ihm weisen. Somit gab er mir die Hand, rückte die weiße Kappe ein wenig und ließ mich verdutzt stehen.

Ich hatte hinter dem Mann einen Statthalter gesucht oder einen alten, reich gewordenen Schulmeister oder sonst ein Haupt der Gemeinde, und nun sollte es ein Häftlimacher sein! Einen Bären glaubte ich mir aufgebunden; allein der Wirt bestätigte mir des Alten Rede und erzählte mir von demselben gar seltsam aparte Dinge, die zu weitläufig zu erzählen sind. Ich merkte wohl, daß der Wirt des Alten besonderer Freund nicht sei, wahrscheinlich gab er ihm wenig zu verdienen, und doch konnte er sich eines gewissen Respekts gegen denselben nicht erwehren, und sich selbst darüber ärgernd, gab er so hintenum zu verstehen, vor dem müsse man sich in acht nehmen, er könne mehr als Brot essen, weit weg von ihm sei man am sichersten.

Ich merkte wohl, daß hier die Zeit noch nicht vorbei sei, wo man jeden, der an Verstand und Einsicht über die Menge sich erhob, als Hexenmeister fürchtete und verdächtigte. Der gleiche Wirt aber, der vor Hexen großen Respekt und sicher dem Viehdoktor schon manchen Batzen gegeben hatte für Mittel gegen das Verhexen, äußerte sich gar leichtfertig über religiöse Dinge und unsern Herrgott, als es zu läuten begann und andächtige Kirchgänger an unsern Fenstern vorüberzogen. So ist es leider an manchem Ort; man leugnet Gott und fürchtet den Teufel, man spottet über Wunder Gottes und glaubt fest an Hexen und ihre Künste, man kauft für schwer Geld Planetenbücher und würde unbedenklich die Bibel abschaffen, wenn man sie nicht auch noch für das Hexen gut glaubte.

Über die Mädchen dagegen war der Wirt viel besser zu sprechen als der Alte und meinte, nach einer harten Woche sei ihnen doch auch etwas zu gönnen, und volls hätte er noch keins von ihnen gesehen. Wenn der Mensch jung sei, so müsse halt öppis gah. Als ich mein Bedenken äußerte, wie das aber endlich einen Ausgang nehmen würde, wenn man als jung solche Dinge und so arg treibe, gab er zur Antwort, das wolle gar nichts sagen, er wüßte hundert Beispiele, daß die lustigsten Meitscheni, die es mit Wein, Branntwein und Buben nicht eigelich genommen, die tollsten und bravsten Hausfrauen geworden seien.

Da ich dieses nicht glauben wollte und mich an das Sprüchwort hielt: »Jung gewohnt, alt getan«, so wurde mein Wirt anzüglich und begann zu sticheln, daß mit lustigen Leuten doch besser fortzukommen sei als mit geistlichen; die erstern gönnten doch andern noch etwas, die letztern aber niemand als sich selbst, und was sie andern als Sünde vorhielten, das trieben sie doppelt so arg heimlich. Ich merkte, daß der Wirt mich für einen neumodischen Heiligen nahm, und brach ab, zahlte meine Zeche und wanderte mit meinen Müsterlenen weiter.

Es war mir endlich auf meinen Reisen, die sonst ein ewiges, tötendes Einerlei sind, alle Tage das gleiche Kär mit den Kunden, alle Abende ein langweiliges Politisieren oder, wenn mehrere Kollegen sich treffen, ein noch langweiligeres Witzereißen und alle Morgen Kaffee und Butter und der Aufwärterin unausgeschlafenes Gesicht, etwas Merkwürdiges, Außergewöhnliches begegnet, das meine Gedanken beschäftigte, so daß ich sie nicht töten mußte mit dem Nachrechnen, wieviel meine gestrige Tagreise über die Kosten hinaus wohl meinen Herren eintragen werde, Fracht und Geldzins abgerechnet, oder mit dem Grübeln, was meine Herren Kollegen heimlich am verlassenen Ort getrieben haben möchten.

Es waren freilich keine fröhlich gaukelnden Gedanken, die mich begleiteten, es waren schwarze, schwere Gedanken, die man einem Gummi nicht zugetraut hätte, Gedanken über den Jammer, den die unglücklichen Menschen sich schaffen durch den Mißbrauch der Gaben Gottes, über den Jammer, den sie sich bereiten, weil sie ihr göttliches Wesen vergessen und sich zum Tiere machen, über den Jammer, der in einem Orte, wo dieser gemeine Sinn der übliche wird, einreißen müsse bei alt und jung, über den Jammer, der einziehen müsse in die Häuser, in alle Haushaltungen, wo das gleiche Laster alle umstrickt, jung und alt.

Es faßte mich eine eigene Angst über das Schicksal unglücklicher Dorfschaften, in denen bestialische Laster einwurzeln und anwachsen von Generation zu Generation; mußte da nicht das Reich der Hölle auf Erden kommen, das Verbrechen anwachsen auf unglaubliche Weise, ja, die Menschheit wieder hinuntersinken zum Tiere?

Ist wohl der Gedanke wahr, daß die Menschheit sich alle Tage verschlechtere und die Welt böser werde von Stunde zu Stunde? Wo soll das hinaus? Die Tage der Sündflut dürfen nicht wiederkehren! Kommt aber dann das Feuer, ein Ende zu machen, und leitet das Feuerwasser der Wilden das Ende ein, verbindet der Branntwein die beiden Elemente, das Wasser, das die Sündflut schuf, das Feuer, das in den letzten Tagen die Welt verzehren soll?

Das waren Gedanken, deren ich nicht Meister werden, das heißt, die ich ins Klare nicht auflösen konnte; aber sie brachten mich zum Vorsatz, die Sache im Auge zu behalten. Wie es mit den Mädchen gehe, wollte ich wissen, ob der Wirt recht hätte, daß liederliche Weibsbilder gute Hausmütter abgeben, oder ich, der an eine solche Umwandlung und ganz besonders beim weiblichen Geschlechte nicht glauben wollte, wollte auch das Dorf im Auge behalten oder die Gegend, wollte schauen, wie das Laster anschwelle und die armen Sterblichen überflute, oder ob eine Arche komme, die sie durch die wilden Wasserwogen trage an einen sichern Port.

So wanderte ich sinnend, wie ein Pfarrer am Samstag abends, meinen Weg fort, bis ich – plumps, im Wasser lag.

Wie eine gebadete Maus kroch ich auf und war zufrieden, daß wenigstens jetzt sich ein sicherer Port fand. Dort stand ich nun pudelnaß, sah nach meinen Mustern und vergaß diese wieder, als ich ganze Rudel Kilcherleute auf mich zukommen sah. Links war Korn, rechts war Flachs, weder links noch rechts konnte ich mich retten, wenn ich nicht einen ganzen Rudel Buben hinter mir drein haben wollte. Unter das Brückli über den Bach, der mich so naß gemacht, zu schlüpfen grusete mir auch. Ich mußte standhalten und mitten durch die Leute hindurch, die mir eben nicht christliche Gesinnungen zu hegen schienen. Spöttische Blicke schossen sie mir schon von weitem zu. »Es isch e Gummi, e Gummi, e Müsterler oder e Schnyder«, hörte ich schon von weitem. »Es wird e Viviser Wyhengst sy«, sagten die einen; »nei, es isch dä bim Schagg, nei, es isch dä, wo dHuttwyler letzlich so voll gmacht hey u wo em ganze Städtli het müsse Wy zahle, e Sant Galler«, die andern; »er wird volle sy u drWeg nicht breycht ha!« Denn daß man nüchtern neben dem Weg in den Bach laufen könnte, das kam ihnen unmöglich vor. Ich machte ein dunkel Gesicht wie einer, der Spießruten laufen will, und hielt alles mannlich aus und tat keinen einzigen Blick zurück, wenn ich auch ganze Haufen hinter mir stillestehen hörte.

So erreichte ich endlich das Dorf, wohin ich mein Pferd vorausgeschickt hatte. Und wie die Leute in dem mir wohlbekannten Wirtshause, wo ich sonst als eine Ausnahme, das heißt als ein solider Mann, der mit dem Wirt manch vernünftiges Wort über das Armenwesen und anderes mehr schon geredet hatte, bekannt war, mich ansahen, will ich auch nicht malen. Enfin, ich kam wieder in trockene Kleider, und was ein guter Name macht, erfuhr ich, sie glaubten mir aufs Wort die Art, wie ich ins Unglück geriet; unter Hunderten wäre dieses nicht einem widerfahren.

Nun hätte ich eine herrliche Gelegenheit, Kreuz- und Querzüge eines Gummi abzukonterfeien und besonders die eines Baseler Gummi. Der Baseler Gummi hat nicht das auffallend Liederliche, Frivole wie andere seiner Sorte, manchmal etwas Einfaches, das ins Einfältige überspielt;

aber in allen Schlichen und Ränken des Handels, in der Weise des Aufdringens, den Vörteln beim Spedieren, der Benutzung aller Umstände, besonders beim Einfordern des Geldes für aufgedrungene Ware, ist er allen Meister. Ja, Leute, nehmt euch nur in acht vor mir! Ich bin der Schlimmsten einer, wenn ich euch schon wie ein halber Lädi vorkomme. Ja, Krämer, hütet euch am meisten vor denen, die ihr als ganze Narren oder halbe Babi anseht! Das sind die, welche es erproben, wie man am besten andere zum Narren halten kann, wenn man selbst für einen Narren angesehen wird.

Doch ich will dieses nicht tun, will verzichten auf die Ehre, eine neue Art von Reisebeschreibungen in die Welt zu bringen, die Reisebeschreibung eines Müsterlers. Eine solche existiert, soviel mir bekannt ist, noch nicht, und doch würde in einer solchen gewiß ein ganz eigenes Leben ans Licht treten, vielleicht ein Leben, das beleuchtet zu werden verdiente zum Wohl der Menschheit. Ich will nicht einmal, was ich Ferneres von den fünf Mädchen vernommen, einkleiden in alle die Umstände, unter denen ich es vernommen. Ich will kein Buch schreiben, sondern nur noch einige Seiten und daher ohne allen Schmuck in dringlicher Kürze geben, was ich zum Heil und Frommen zu dieser Sache noch zu sagen habe.

Ich säumte nie, wenn ich durch den Ort reiste, wo ich die fünf Mädchen gesehen, bei meinem Häftlimacher einige Stunden zuzubringen. Er war ein hablicher Mann, der in einem niedlichen Hause wohnte und ein abträglich Heimet besaß. Sein Handwerk hatte ihm dazu verholfen. Das war auch die einzige Schwachheit, die ich an ihm bemerkte, daß er gar gerne über die Handwerker mitleidig die Achsel zuckte und sich bitter ärgerte, wenn sie klagten, es sei nüt meh z'mache, es sei allbets viel besser gewesen, daß er dann sagte: Er sei nur ein verachteter Häftlimacher, aber wenn er heute wieder von vorne anfangen könnte, so wollte er noch einmal soviel machen, als er gemacht hätte. Aber wenn man zu etwas kommen wolle, so müsse man nicht mit Prächtle anfangen, nicht ganze Wochen blauen Montag machen, nicht in einem Chaisli herumfahren, Kegelplätzen und Bettwinkeln nach, statt die nötigen Gänge zu Fuß zu machen.

Jedesmal, wenn ich ihn besuchte, erzählte er mir Bruchstücke aus dem Leben der Mädchen, und die von Zeit zu Zeit vernommenen Bruchstücke sind es, welche ich jetzt, zusammengehängt ohne weitere Einkleidung, geben will zum Nachsinnen für alle, zur Warnungstafel törichter Eltern und leichtsinniger Mädchen.

Am schnellsten entwickelte sich des armen Stüdelis klagvolles Schicksal.

Seine Glieder erstarrten ihm immer mehr, sein Blut wurde immer schwärzer, immer träger, seine Augen wurden immer glanzloser, unbeweglicher, aber im Inwendigen begann eine schauerliche Gewalt sich zu regen. Im Leibe fing es an zu zucken und zu ziehen. Es war Stüdeli, als ob man seine Eingeweide mit einem Garbenknebel andrehe und umdrehe, als ob jemand mit einem scharfen Hobel an den Wänden des Magens herumfahre; jedes Stücklein Brot schien ihm zum Bohrer zu werden, der sich durch den Leib mit schonungsloser Schärfe den Weg bahnen müsse. Es hieß, Stüdi hätte Magenkrämpfe; ein weises Haupt sagte, es hätte einen Magenbruch. Dann kamen mitleidig die Weiber mit goldigem Mutterwasser, mit Hoffmannstropfen löffelweise, mit Enzenen- und Reckholterwasser, mit dem furchtbaren Karmeliterwasser. Und Stüdi zog gierig ein, was man ihm bot, und schaffte die Wasser und Tropfen an, daß es sie bei der Hand hätte Tag und Nacht. Sie stillten ihm den Schmerz, behauptete es; aber wie sein Magen das Essen immer weniger vertrug, wie eine düstere Glut ihm im Kopf zu brennen anfing, mit einer furchtbaren Innigkeit immer länger anhielt, daß es sich ihm langsam wie eine schwarze Nacht über die Augen legte und es sich legen mußte, achtete es weniger. Es nahm dann einen Löffel Karmeliterwasser mehr, um schlafen zu können. Freilich kam dann Betäubung, und das Arme vergaß seine Leiden. Aber schwach, betäubt stand es am Morgen dann auf, und sein Kopf glühte ihm und war so schwer, daß keine seiner Hände ihn stützen zu können schien; jedes seiner Augen schien zentnerig ihm aus den Höhlen über den Tisch hinrollen und es wieder hinein in den Boden ziehen zu wollen. So schleppte es sich lange noch von Stör zu Stör; aber die Klagen wurden immer lauter, man könne es nicht mehr brauchen, läng Stück wisse man nicht, was mit ihm sei, es scheine nicht mehr zu hören, nicht mehr zu sehen und mache entweder alles verkehrt oder gar nichts und sehe vor sich hin, daß es einem angst und bange werde dabei.

Aber eines Morgens stand es nicht mehr auf. Eines Morgens hatte es seine Krämpfe furchtbar gehabt, eine Bäuerin sie mit bitterem Reckholterwasser gehemmt. Aber nun lag Stüdi in allen Gliedern eine schreckbare Mattigkeit mit namenlosem Schmerz, und im Kopfe zuckte und glühte es ihm gar wunderlich; ein schauerlich Lachen kam ihns manchmal an, es war, als ob es laut aufbrüllen müsse, es wußte nicht, ob vor Lust oder Wut, vor Schmerz oder Angst. Soviel Besinnung hatte es noch, daß es mitten im halben Tag von der Stör abnahm und heimging, sein Mädchen wollte es dort lassen zum Ausmachen. Aber den Leuten kam sein Zustand so unheimelig vor, daß sie es seiner Meisterin nachsandten.

Zu Hause nahm es erst Hoffmannstropfen, dann noch, als es ihm immer schauerlicher wurde, als der Frost ihm die Glieder zusammenschlug und ein Glühbrand ihm zum Kopfe auszuschlagen schien, eine tüchtige Dosis Karmeliterwasser. In der Nacht war's, daß das Lehrmädchen Hülfe rief im Nachbarhause. Es schlage Stüdi im Bett herum, und Stüdi schreie, der Teufel wolle es nehmen, man solle doch dr tusig Gottswillen zu Hülfe kommen. Die Leute besannen sich, endlich wagten sich ihrer drei hin und fanden Stüdi im grausenhaftesten Zustande. Es war allerdings, als ob eine fremde Macht es packen wolle, als ob es gegen dieselbe ringen müsse mit allen seinen Kräften, und dieses Ringen war so krampfhaft, gewaltig, daß es die drei kaum zu halten vermochten. Dazu stieß es Töne aus so gellend, daß sie durch Mark und Bein gingen, und aus den Tönen erriet man bald, daß es ein Kind, das man ihm entreißen wolle, zu verteidigen wähne, bald sich selbst gegen Notzucht.

Man sandte nach dem Arzt, dann noch nach einem; sie redeten von Gehirnentzündung, von Nervenfieber, gaben Mittel, machten Überschläge, aber ihnen zum Trotz stellte sich bald unzweifelhaft ein furchtbarer Wahnsinn heraus, in welchem es völlig zum Tiere ward, alles unbeachtet von sich gehen ließ, alles zerriß, was ihm in die Hände kam, Betten, Kleider etc., gegen alle Leute wütete, gegen jeden Nahenden alles schmiß, was es neben und unter sich fand.

Man mußte Stüdi anbinden, einsperren und tat es auch. Man tat es, wie man es auf dem Lande zu tun pflegt, auf eine schonungslose, unmenschliche Weise. Man verdingete es. Es wurde in eine Kammer eingeschlossen, splitternackt, die Fenster wurden herausgenommen, die Löcher mit Laden zugenagelt, weder ein Sonnenblick noch ein Mondesstrahl fiel mehr in die dunkle Höhle. Dorthin wurde ihm sein Essen gestellt, es konnte dasselbe essen oder verwahren, es konnte seinen Unrat essen oder das Essen, was es wollte; und ob man es nicht tagelang vergaß, wer hat das aufgezeichnet?

Solche vernagelte Höhlen findet man noch mehrere im Kanton Bern. In welchem Zustande die armen Eingeschlossenen leben, kümmert niemand; ob man sie erfrieren oder verhungern läßt ganz oder halb, untersucht niemand. Man schlägt sich um Stellen und Meinungen, aber getreue Beruferfüllung, ja die Erfüllung wahrer Menschenpflicht macht wenigen graue Haare. Man hat so viel mit seiner Person, ihrem Kredit und Vorteil zu tun, daß man sich nicht mit armen, elenden Kreaturen befassen mag. Ja, wenn es vielleicht hieße, einer von einer andern politischen Partei mißhandle einen armen Wahnsinnigen, so würde dem Armen vielleicht geholfen, geklagt werden von Weiß oder Schwarz.

Stüdis Raserei dauerte einige Zeit, dann wurde es stiller und weicher, die glückliche Zeit seiner Liebe dämmerte in ihm auf, es koste mit seinem Schatz und schmatzte mit ihm, dann vergaß es ihn und träumte sich ein Kind; mit dem tändelte es auf die rührendste Weise, säugte es, sang ihm Wiegenlieder, wehrte ihm die Fliegen, zeigte es den Leuten, wie süß es schlafe, wie ein lieblich Mieneli es mache. Stroh hatte es sich zusammengewickelt, später beizte man ihm ein Kuderbützi, und mit diesem war es tagelang glücklich, glücklicher als vielleicht in seinem Leben nie. Diese Tage waren erbarmende Liebesblicke des himmlischen Vaters, die er auf sein armes, verwahrlostes Kind warf.

Dann tauchten aber in seinem Glück wieder auf die finstern, trüben Gestalten seines Unglücks, Gestalten, die es trennen wollten vom Geliebten oder Kind, verführerische, räuberische Gestalten, und der Wahnsinn schwoll auf zur Wut, und die Nacht der Raserei deckte wieder das arme Kind.

Die Leute, bei welchen Stüdi war, waren nicht die schlimmsten Leute, aber nicht die verständigsten. Sie vergaßen es mit dem Essen selten, aber wenn Stüdi rasend wurde, so prügelte es der Mann gottvergessen ab, weil man ihm gesagt hatte, das sei gut dafür, also aus lauter Barmherzigkeit. War es wieder still und glücklich, so bat es sie wohl, daß sie es mit seinem Kinde an die Sonne ließen, und sie ließen es hinaus, anfangs behutsam und bewacht, dann aber immer sorgloser. Sie glaubten zu wissen im voraus, wenn die Umkehr eintrete. Sie ließen es halbe Tage ohne Aufsicht tändelnd unter einem Baume mit seinem Kinde. Dann kamen aber auch Kinder zu ihm, die seines Spiels spotteten, das kudrige Kind verhöhnten und es ihm nehmen wollten. Gewöhnlich bat es erst gar demütig, daß sie ihm aus der Sonne stehen, daß sie doch stille sein, es nicht wecken möchten. Aber ein wüster Sinn, der so gerne Hunde neckt und Unglückliche quält, ein wüster Sinn, gegen den in den Schulen und von den Eltern nicht genug gearbeitet, ja, der von Schulmeistern und Eltern nicht einmal erkannt wird, besonders bei den eigenen Kindern, der Sinn, der Tiere treibt, die unter ihnen verwundeten zu töten und zu fressen, trieb auch diese Kinder, ihre Neckereien fortzusetzen, bis Stüdi in den umstehenden Kindern die verhaßten Gestalten zu erblicken glaubte, in Wut geriet und dann nur unter furchtbaren Mißhandlungen gebändigt, nur nackt oder halbnackt in Gewahrsam gebracht werden konnte, und dem sahen die Kinder zu.

Doch endlich erbarmten sich auch die Kinder des armen Stüdelis, und wenn ein wüster Bube es quälen wollte, so hielten die andern ihn ab. Es wandlte nach und nach weiter ums Haus herum und butelete sein Kind, ging scheu und still seiner Wege und stellte sich nur hie und da bei einer Frau, ihr sein Kind zu zeigen und zu preisen. Es achtete sich Tag oder Nacht nicht, daher es zuweilen spät oder gar nicht heimkam; bloß wenn ihm einfiel, das Kind sei durstig oder habe kalt, so suchte es sein Obdach.

So wanderte es auch einmal an einem hellen Wintertage schlecht bekleidet mit seinem Kinde ins Freie und sang demselben immer vom Ätti vor, den wollten sie zusammen suchen gehen, der sei gar lieb und gut und groß und schön und sicher nicht weit da dänne.

So wandelte es bis spät herum und suchte dem Kinde seinen Ätti, stand vor manchem Mannsbild still, sah forschend es an, schüttelte traurig den Kopf und ging weiter. Endlich gegen Abend kehrte es in ein Haus ein, um sein Kind auf dem Ofen etwas zu erwärmen. Dort nahmen sie zImbiß und boten Stüdeli auch an, nämlich Branntwein, und die wohlbeleibte Hausfrau brachte in aller Wohlmeinenheit ihm selbst das Glas und ein gewaltig Stück Brot. Es schüttelte Stüdi, als es die ersten Tropfen trank; dann zog es gierig das ganze Glas in sich, und in ihm fing ein neu Leben an aufzugehen, es fing an zu jauchzen und zu singen, heute noch werde es bei seinem Schatz sein, es und sein Kind. Und die Leute lachten der Armen und wollten es erzählen machen von seinem Schatz, aber Stüdi ließ sich nicht halten; sein Schatz komme ihm entgegengefahren mit zwei braunen Hengsten, sagte es, säumen dürfe es nicht, warten könne er nicht. Es tanzte hinaus mit seinem Kinde in die kalte Nacht – und niemand sah Stüdi lebendig wieder. Ein Bräutigam hatte seiner sich erbarmet und es heimgenommen.

Als es Frühling war und die Buben Kauzennester suchten in wildem Krachen, da fanden sie einen Leichnam, grausam schon entstellt; aber es war Stüdeli, sein kudrig Kind am Herzen. So fand es sein jammervolles Ende, das arme Mädchen; Gott wird ihm wohl barmherziger gewesen sein als die Menschen, die es zugrunde gerichtet und sich seiner erst erbarmten, nachdem sie es getötet hatten. Denn nun erst jammerten die Menschen, wie schade es eigentlich um dasselbe gewesen, andere balgeten, daß man nicht etwas an Stüdi gewagt, es wäre ihm vielleicht noch zu helfen gewesen, und der Pfarrer redete allenthalben von dem gottvergessenen Leichtsinn, in welchem man es hatte herumlaufen lassen. Aber Stüdi war tot, und alle diese Reden halfen ihm nichts mehr.

Ob aber wohl alle diese Menschen, die so redeten, ein anderes Mal zu rechter Zeit reden werden, ehe ein Mensch zugrunde gegangen ist?

Seiner Meisterin folgte Bäbi, das Lehrmädchen, bald nach.

Es war bei Stüdi ins wüste Leben eingeweiht worden und von irgendeinem Strolchen schwanger, als es heimging nach vollbrachter Lehrzeit. Es wußte selbst nicht recht, was mit ihm war, und seine Eltern durfte es nicht fragen; es wußte, wie streng die waren. Es waren sogenannte brave Leute und taten sich gar viel zu gut auf ihr braves Haus, ihre ehrbare Familie. Da hätte noch niemere nüt Schlechts gemacht, und niemere sy no vor em Richter gsi vo ne als einist drGroßätti, wil er em Pfarrer siner Pflume heyg helfe schütte, drLandvogt heyg aber nume glachet u gfragt, ob si de ryf gsi syge.

Diese Leute ließen ihre Kinder Kilter halten und zu Kilt gehen, soviel sie wollten, bekümmerten sich wenig darum, wo sie hingingen und was sie eigentlich machten. »Aber es sött is eys dsHerrgetts sy, mit emene uneheliche Kind doharzcho, mr schrisse ihm der Gring ab«, sagten sie. Also kein unehelich Kind wollten sie, aber wenn ihre Töchter schwanger waren, ehe sie Hochzeit hielten, sagten sie nichts, wenn's nur kein unehelich Kind gab. Es war alles erlaubt bis an das bei ihnen; aber daran hielten sie fest und begehrten hoch auf, wie es ehrbar zuginge in ihrer Familie, und sie meinten es wirklich auch.

Die Leute hatten eine ganz eigene Religion und Sittlichkeit. Sie fragten nicht, was in der Bibel stehe, sondern was der Großätti gemacht und was öppe o drBruch syg; sie fragten nicht, was die Bibel zum Beispiel unter keusch verstehe, sondern was der Großätti u dsGroßmütti gemacht, das ist keusch! Und von dem gehen sie nicht ab; und man mag ihnen mit der Bibel kommen, sooft und so deutlich man will, so sagen sie, sie mögen des Gstürms afe nüt, drGroßätti und dsGroßmütti syge fromm Lüt gsi u heyge dBibel o vrstange, u wes nit so i drBibel gsi wär, so hätte sis nit gmacht. Sie möge dere neue Mode nüt; warum's de allbets vil besser gange syg?

Die Leute achteten sich Bäbis nicht, sondern achteten nur auf die Fürfüße, die es plätzen mußte, und ob es dieselben so gut mache wie der Schneider. Aber Bäbi wurde immer dicker; es träumte ihm nichts Gutes, es gschmuchtete ihm fast, wenn es daran dachte, was sein könnte. Es wußte nicht, was anfangen, wußte kaum, wie der Bursche einen Taufnamen hatte, geschweige denn den Geschlechtsnamen und wo er wohnte. Es konnte nichts machen als Tag um Tag verstreichen lassen in immer steigender Angst, wie es ihm ergehen werde, wenn sie einmal darüberkämen.

Wenn es dazu kommen konnte, so nahm es einen guten Schluck Brönz, um sein Elend zu vergessen, und wenn es einen Kilter haben konnte, so ließ es mit sich machen, was er wollte, in der Hoffnung, er führe es zKilche. Aber den Kiltern ward die Sache verdächtig, sie blieben aus. Die Nachbarsweiber fingen an zu muckeln, redeten miteinander über die Gartenzäune hinein: es sei mit Käsjoggis Bäbi beim Schieß nicht richtig, es nähm se nume wunger, ob di Alte drum wüsse u wen es angeben werde. Es düch se doch, es wär Zyt, drzueztue, u die Alte sötte afe öppis schmöcke. Endlich konnte eine sich nicht enthalten, Bäbis Mutter zu fragen, ob Bäbi nicht bald wolle verkünden lassen, sie hätte neue afe öppis drvo ghört, un es düch se, es sött zweg sy drfür. Die nahm die Sache aber nicht für Gspaß auf. Wenn es Zeit sei, zu verkünden, so werde es schon geschehen, sie hätten noch nie zu lange gewartet, es gehe weiter niemere nüt a, u de söll me se rühyig la, sie würden sich schämen, wenn sie wären wie die und die. Die Leute sollten nur zu sich selbsten luegen; so was täte ihnen nöter, als sich mit ihnen abzugeben.

Aber als die Mutter heimkam, kam Bäbi ihr just entgegen mit einem Körbchen auf dem Kopf, und da düchte es sie in der Tat, der Kittel vorne kurze gar sehr und das Fürtuch sei auch nicht wie sonst. Da wurde ihr fast gschmucht, sie nahm Bäbi alsobald ins Gebet ins Hinterstübli und fragte es, was denn mit ihm sei, und sagte ihm, was die Leute sagten. Bäbi fiel fast durch den Boden ab, als die so gefürchtete Stunde so unvermutet es ereilte; es erhielt alle Farben, stotterte, es wisse nichts davon, es müßte es doch selbst am besten wissen. Aber es schlotterte so verdächtig, daß die Mutter immer mehr Verdacht faßte und immer heftiger auf Bäbi eindrang.

Zu diesem Examen kam noch der Vater, wußte sich gar nicht zu fassen vor Zorn, nahm die Tochter bei den Züpfen und schüttelte sie, bis sie dr tusig Gottswillen bat, er solle doch aufhören, sie wolle ja alles bekennen. Sie bekannte, daß sie schwanger sei, durfte aber nicht sagen, daß sie nicht einmal wisse, wie der Kerl heiße, sondern gab in ihrer Herzensangst unter der Eltern Drängen und Fäusten einen andern an, einen Bauernsohn aus der Nähe, der freilich auch bei ihr gewesen war, aber erst, seitdem sie die Näherin verlassen hatte.

Die Eltern setzten ein bißchen lugg und wollten wissen, was er dazu sage und warum er noch nicht gekommen sei, es ihnen anzusagen. Da mußte Bäbi bekennen, daß es ihm noch nichts gesagt, weil er seit einiger Zeit, es wisse nicht warum, nicht gekommen sei. Nun ging's wieder über Bäbi los, daß es so lange gewartet, bis sie in aller Leute Mäuler seien, und wenn die Alte nicht gewesen wäre, die wußte, daß es Stücki geben könnte, wenn man zu unerchannt mache, so hätte es der Alte fast totgeschlagen. Nun mußte Bäbi auf der Stelle fort, dem Burschen das Kind anzukündigen. Es hielt den Vater fast auf den Knien an, daß er es doch übernehmen und zuerst mit des Burschen Vater reden solle; aber der Alte wollte nicht. »Selber ta, selber ha!« sagte er; das sei ihr Leben lang in ihrer Familie nicht der Brauch gewesen, daß der Alte dKing syg go akündte. Wenn es nicht mit dem Burschen zurückkomme, so lasse er es nicht lebendig aus den Fingern, gab er ihm als väterliche Herzstärkung mit auf den Weg.

Man kann denken, wie es Bäbi zumut war, und viel gemacht war es von ihm, daß es wirklich hinging und mit dem Burschen zu reden suchte. Aber es ging den Weg wie den Todesweg, und er war es auch. Es lauerte dem Burschen auf, als er vom Essen herauskam, den Rossen über Nacht zu geben. Es sagte ihm, es sei öppis angers mit ihm, und er werde es wohl zKilche führen wollen.

Der Bursche war noch nicht von den Ausgespitzten, von den Altburschen einer, sondern von denen, welche oft Suppen auszuessen haben, welche andere eingebrockt. Er erschrak gewaltig, suchte Ausreden und fand keine, meinte, Bäbi werde sich wohl irren, werde nicht schwanger sein, es solle sich besinnen, ob es nicht einen andern wüßte. Er könne kaum glauben, daß es von ihm sei, es hätte noch andere mehr gehabt. Je zaghafter der Bursch redete, desto mehr Mut faßte Bäbi, und wer weiß, ob es denselben nicht zuletzt noch überredet hätte, mit ihm zu den Eltern zu gehen, wenn nicht dessen Vater, der dem Gespräche hinten im Hausgange schon lange zugehört hatte, um die Ecke herumgekommen wäre und sich dareingemischt hätte. Der war ein Abgefeimter; er redete nur leisli, aber er zog die Mundwinkel gar bedenklich ein und zwitzerte mit den Augen wie ein Kauz am Tage.

»Was heyt er Guts mitenagere?« fragte der Fuchs; es werd öppe nüt Apartigs sy, und Bäbi brauche da nit am Bysluft z'stoh, es soll i dStube ychecho, si werde öppe nüt Heimlichs mitenangere ha? Der Junge merkte, daß er am Alten eine Stütze hatte, und klagte, wie Bäbi ihm da unschuldig etwas anmute.

»Hest gmeint, Bäbeli«, sagte er sanft, »du wellist üs fa wie dMüs i re Falle? Lo du is ume rühyig! Lue, du bisch schwanger gsi, eh du heicho bisch; me weiß, was dihr fürn es Lebe gführt heyt, wie dihr da unmegheyt syt, u wie eigelig dihr gsit syt, u wie der erst best gut gnu gsi isch. Nei, Bäbeli, wenn nüt angers witt, so chast ume hey, u ih leu dyne Alte gute Abe wünsche, u si sölle de e schöne Trossel zwegmache u e neui Wagle, es dücht mih, du werdisch se bal bruche.«

So ließ er das Mädchen stehen, und wie lange das dastund in der Finsternis und weinte, daß es einen Stein hätte erbarmen mögen, sah niemand. Es war ratlos, es durfte nicht heim, und schauerliche Gedanken gingen ihm durch den Kopf. Aber es war so matt und müde, so zerschlagen, daß es keinen Mut fand zu irgend etwas in seinem kranken Herzen. Es dünkten ihm die Eltern so hart, es dachte, so könnte es doch mit einem Kinde nie umgehen; aber es fiel ihm nicht ein, zu klagen, daß die an allem schuld seien, daß sie es zu der Näherin getan, daß sie ihm nichts verboten als ein unehelich Kind, und es hätte es ja auch nicht gewollt. Aber endlich kam ihm eine Ausrede in Sinn, die ihm Mut machte zum Heimgehen: der Bursche hätte nichts dagegen gehabt und wäre mitgekommen, aber da sei sein Alter dazugekommen und hätte ihn aufgereiset und wüst getan über sie alle und ihns fortgejagt, so daß dann der Bursche auch hätte wüst tun müssen aus Furcht vor dem Alten.

Das war ein Blitzableiter, eine Lüge, die gar glücklich schien, Bäbi Schlägen entzog, aber schauerliche Folgen hatte, wie es oft geschieht, wenn der Mensch seine Rettung nicht im Anschließen an Gott sucht, sondern im Gegenteil, im Verleugnen, Verlassen desselben.

Seine Alten waren noch auf und empfingen das allein heimkommende Kind unsauber. Als sie aber die Ausrede hörten, wie dort der Vater sich hineingemischt, die Sache hintertrieben, allerlei Schmützworte habe fallen lassen, da wandte sich der elterliche Zorn gegen diesen. Der bäuerliche Stolz erwachte gegen den Nachbar; allerlei Vorsätze und Reden, was der für einer sei und wie man es ihm weisen wolle, und solle es tausend Pfund kosten, rollten übereinander, und Bäbi blieb verschont. Und als es den glücklichen Erfolg sah, wurde es immer kecker, tat immer mehr an die Sache, log immer mehr Reden des Alten, log immer fester, wie es selbst getrost den Ausgang erwarte und wie es sieben Eide aufeinander tun wollte, daß es den Rechten angegeben. Das arme Bäbi hoffte, die gewaltigen Reden seines Vaters, mit denen er am nächsten Morgen den Nachbar begrüßen wollte, werden eine Heirat erzwingen, und da stellte es sich so keck, damit der Vater um so kecker morgens sei. Aber der Nachbar ließ sich nicht erschrecken, und seinen Sohn hatte er tüchtig eingeschult, was er zu antworten hätte, daß Käsjoggi unverrichteter Sache abziehen mußte, aber erst, nachdem sie sich gegenseitig persönlich alle Schande gesagt hatten.

Nun war der Handel ein persönlicher geworden zwischen den Alten; jeder wollte gewinnen, um dem Dolder zu zeigen, daß man nicht der Leider sei, Bäbi und der Beklagte waren nur zwei Schwinger, die einen Handel ausmachen sollten, auf welchen andere gewettet. Die Alten fragten nicht mehr nach Recht oder Unrecht, sondern Käsjoggi, der brave, ehrliche Mann, sagte zu seiner Tochter, es solle bim Dolder luege, daß es chech syg, sust drehe er ihm den Hals um. Die Alte sagte dann freilich, falsch fluchen solle es nicht; aber wenn es nicht den Rechten angegeben, so solle es sehen, wie es ihm gehe. Es sei schon eine grausame Schande, ein unehelich Kind zu haben; aber wenn der Bursch anekneue müsse, so mache es doch noch weniger, und sie könnten es ihm eher verzeihen. Dann ärgerte sich wohl noch eine Schwester an ihm, daß es den angegeben, es hätte wohl denken können, er tue wüst; es werd doch nit öppe son es Leyds sy, daß es nit meh als eine hätt azgä gha.

So eilte Bäbi seiner Niederkunft zu, die nicht so ganz über Ort eintraf, daß sie dem Handel ein Ende gemacht hätte. Es fehlten nicht sechs Wochen, und bei den ersten Kindern könne man sich dessen nicht viel achten, sagt man; die kämen, wann sie wollten, und nicht, wann sie sollten.

Bäbi hoffte zu sterben in derselben, hoffte, daß das Kind sterben möchte; denn wie es sonst ein Ende nehmen solle, begriff es nicht, es fühlte immer mehr, wie gewaltig, fürchterlich die Last wurde; welche es mit der Lüge sich aufgeladen. Und fürchterlicher kann wohl keine Last drücken und ziehen als die, welche man weder Kraft hat zu tragen noch abzuwerfen.

Aber Bäbi starb nicht, das Kind starb nicht. Das arme Kind wurde Johannes getauft; weil niemand es lieb hatte, sollte es doch Gott lieb haben. Bäbi ging auch zur Kirche; was es da gedacht hatte, hat es niemand gesagt. Lange soll es auf dem Kirchhofe gestanden sein.

Nun wurde der Handel fortgesetzt und kam, da die eigentlich Streitenden, die beiden Alten, Geld hatten, in die Hände der Agenten und Advokaten und wurde ein fettes Fressen für sie. Zwei Jahre wurde gefochten mit dilatorischen Einreden, mit Pliken, Repliken und Dupliken, ehe man in dem so einfachen Handel zur Eiderkennung kam. In diesen zwei Jahren gingen mehrere hundert Franken auf und machten auch ein Teilchen von den hunderttausend Franken aus, welche das Land seit der neuen Weise, die Paternitätsgeschäfte zu führen, den Rechtsgelehrten mehr bezahlt als früher. Hunderttausend Franken ist noch sehr wenig gesagt.

Als Bäbi in den Eid erkannt wurde, war's ihm, als ob eine kalte Hand ihm das Herz zusammendrücke; aber es machte zu dem Schmerz ein steinern Gesicht.

»Los, was drPfarrer seyt!« sagte ihm sein Vater, als es zum ersten Mal in die Unterweisung ging; »falsch fluche sottsch mr nit; aber wed nit chechs bisch, su schlan ih dr dBei abenangere.« Bäbi war chechs in der Unterweisung; der Pfarrer mochte noch so lieblich, noch so ernst ihm zusprechen, es blieb chechs. Es trank allemal, ehe es hinging, einen halben oder einen ganzen Schoppen Brönz. Der Pfarrer sagte nachher, er habe noch selten ein so chechs gesehen; nur hätten seine hohen Roßhaarspitzen ihm zuweilen gezittert.

Der Pfarrer nahm sie noch einmal beide miteinander; da schien ihm Bäbi checher als der Bursche. Warum? Bäbi wußte bestimmt, daß der Bursche log, wenn er sagte, er hätte nie mit ihm zu tun gehabt; der Bursche aber wußte nicht bestimmt, ob Bäbi recht oder lätz hatte.

Bäbis Mutter grusete es doch ab dem Eide. Noch niemand in der Familie hätte einen getan, sagte sie. Sie versuchte daher vor demselben noch einen Handstreich. Johannesli sei dem Beklagten wie aus den Augen geschnitten, behauptete die ganze Familie, obgleich der eine dunkle, der andere heitere Augen, der eine eine hohe, der andere eine flache Nase, der eine einen weiten, aufgeworfenen, der andere einen zusammengekniffenen Mund hatte. Sie besinne sich noch gar wohl, wie vor achtzehn Jahren der Kerli ausgesehen habe, er sei uf und ähnlich dr Johannesli gewesen; dä sig de bim Dolder akkurat wie us ihm usegschnitte. Sie nahm ihn daher einmal auf den Arm und wanderte dem andern Hause zu. Dort traf sie die Bäurin am Kabisbschütte und sagte, sie habe doch einmal ihren Großking zeigen wollen, wo sein Ätti daheim sei. Die Bäurin sagte, da könnte sie ihn noch weit tragen, ehe sie ihm das Heimet seines Ätti zeigen könne. Die Alte meinte aber, sie glaube, sie sei nicht weit drvo; si söll doch ume dNase ufha, we si dörf, und das King aluege, si wüß de scho, wo es daheime syg. Die andere sah auf und sagte, mi müßt doch bling sy, we me well glaube, e settigi Kräye chömm us ihrer Familie. Nun sagten sich die beiden Weiber wüst, daß zentum alles stillstund und zuletzt die Bäurin die Alte und ihr Kind zu bschütten anfing statt des Kabis.

Die Alte mußte bschüttet heim; und als sie heimkam, sagte sie Bäbi, wes de nit schweri, su schryßi si ihm dZüpfe us. Dene müsse es gezeigt sein, was sie für Leute seien, und sollte es Hab und Gut kosten!

Was in Bäbi vorging, ehe der Tag der Eidesleistung anbrach, weiß man nicht.

Aber als der Tag anbrach, da stund es blaß und zitternd auf. Die Mutter sagte ihm, sie hätte nicht geglaubt, daß es so es Leids sei; es solle sich nur nicht fürchten, sie werden es im Schloß ja nicht fressen. Es söll das näh, es werd ihm schon bessern. Es war ein Glas Vorschuß. Der Vater gab ihm fünf Batzen, es solle einen Schoppen Roten trinken; es werde ihm weniger gschmucht und chönn checher schweren, wenn es recht hätte. Aber es soll ihm nit dsHerrgetts si und jetzt no abstah; es hätts de früher sölle säge.

Bäbi ging den Weg alleine; mit welchem Herzen, mit welchen Gedanken, weiß man nicht. Bei einer Krämerin trank es noch einen halben Schoppen Bätziwasser oder vielleicht mehr und ging dann ins Schloß. Der Beklagte war von seinem Vater begleitet; der redete für ihn. Ob die auch getrunken hatten, weiß man nicht; sie kamen wenigstens aus dem Wirtshause. Man mußte Bäbi das Brönz anriechen, aber dessen achtete sich niemand. Es war heute der Tag angesetzt für dieses Geschäft, und dieses Geschäft mußte also abgetan sein. Wer hätte es verschieben wollen, um kostenfällig zu werden?

Der Bursche zitterte, als er niederkniete, aber Bäbi nicht. Mit stierem Blick hatte es der ganzen Verhandlung zugehört, fast als ob sie ihns nicht anginge. Es plötschte mehr auf die Knie, als daß es niederfiel, und sagte mit wunderlich klingender Stimme das Vorgesprochene nach. Auch nicht mit einem Blick sah es auf den Burschen, der vielleicht dem Eid Einhalt getan hätte, wenn sein Vater nicht da gewesen wäre.

Als es fertig war und aufstand, konnte es fast nicht, schwankte, als es die Treppe hinunterging. Es kam lange nicht heim. Leute wollten es an einem Bache haben stehen sehen, die Hände ringend, wollten es jammern gehört haben. Aber es kam doch heim, wo schon alles voll Frohlockens war, weil sie bereits vernommen, wie chechs Bäbi gewesen sei; es hätte sieben hingernangere ta, wes nötig gsi wär. Sie hatten ihm ein Kaffee zweg und Anken zum Brot gestellt und rieten ab, wie sie es jetzt denen weisen wollten, und Bäbi sollte erzählen, was sie für Gesichter gemacht hätten.

Aber Bäbi mochte nicht erzählen, mochte nicht essen, hatte seinen Johannesli auf den Knien, küßte und drückte ihn, und dann fuhr es wieder von ihm weg, wie wenn es sich an etwas gestochen hätte. Soviel erzählte noch der Schuhmacher, der eben auf der Stör war. Dann sah Bäbi kein Fremder mehr. Aber nach drei Tagen ging der Alte ganz verstört und mit schwarzem Halstuch zum Pfarrer, zu fragen, wann man Bäbi beerdigen könne, es sei gestorben.

Der Pfarrer frug nach Bäbis Krankheit. Ein grusams Fieber sei es plötzlich angekommen, und dann habe es einen Blutsturz bekommen. Das erfuhr der Pfarrer. Die Leute aber munkelten allerlei, und einige wollten, daß der Pfarrer es untersuchen lasse, wie es gestorben sei, ehe er es auf dem Kirchhof begraben lasse. Der aber wollte nicht. Er sagte, man solle doch Bäbi jetzt ruhig lassen, es sei ja lange geplagt genug gewesen.

Die Eltern Bäbis waren eine Zeitlang wie verscheut, und nicht gerne ließen sie sich am Tage auf einer Straße blicken. Aber lange ging es nicht, bis die Alte sich wieder aufließ.

Sie seien ihr Leben lang gfellig gsi, sagte sie, und sie hätten zu allem den Segen gehabt. Nur an dem Bäbi hätten sie grusamen Verdruß gehabt; sie wüßte gar nicht, womit sie das verdient hätten, aber es muß halt o e jedere Mönsch öppis ha. Es sei aber doch no gut gange, daß es zerst heyg chönne schwere, ehe es gestorben sei; da hätten sie es dene Doldere du no chönne weise!

Länger trieb Marei sein Spiel, und sein Meister ward immer verblendeter an ihm. Wenn Marei vor Tag aufstund und absichtlich im Hause Lärm machte, so sagte der Meister zu seiner Frau: »Wir haben doch die brävste Magd; unter Hunderten ist nicht eine so. Los, wie sie gwirbet, und es ist noch nicht Tag! Wenn du so gewesen wärest, wir hätten es weitergebracht.« Die Meisterin begehrte dann auf, schalt Marei eine Augendienerin und lachte dazu unterm Deckbett. Sie wußte wohl, daß Marei Sachen kaperte, Eier beiseite tat und Milch und was sie erwischen konnte, daß sie heimlich Audienzen gab und daß am Morgen ein Eiertätsch und ein Brönz im Gaden zweg war. Es war auch recht rührend, anzuhören, wie Marei mit einem Ankenbälli unter der Scheube dem ihr begegnenden Alten erzählte, wie ihres Nachbars Jungfere doch eine sei; es wolle sich lebendig lassen zerschreißen, wenn die nicht flöke und stehle. Einmal es vermöchte nicht mit einem solchen Löhnli so daherzukommen wie sie. Aber wenn es von Ostern bis Martistag blutt laufen müßte, es wollte lieber als für einen Kreuzer veruntreuen. Der Alte schmunzelte dann wieder über seine getreue Magd und branzte mit seiner Alten, wenn die furtgehe, so sei sie alleine schuld; sie gebe ihr ja kein gut Wort, und es sei nichts recht, was sie mache. Und die Alte trieb den Alten mit bösen Worten zum Hause hinaus und winkte dann der getreuen Magd, und beide führten sich lustig zu Gemüte, was die getreue Magd gemauset hatte. Aber die Alte führte sich die Sachen nur zu tapfer zu Gemüte; denn ehe man es sich versah, schlug sie ein Schlagfluß, und tot war sie.

Der Alte tat nicht nötlich; Marei tat nicht nötlich. Der Alte brachte zum Ankleiden seiner Frau ein Hemde hervor, an welchem kein Stück war, mit welchem man an einem Daumen einen Umlauf hätte verbinden können. Das tue es sauft, meinte er, Hoffärtigsein trage jetzt nichts mehr ab. Eine Nachbäurin wollte das aber nicht leiden. Das arme Eiseli müßte sich da schämen, am Jüngsten Tage aufzuerstehen in einem solchen Hudel vor Gott dem Vater und allen den Leuten, Mannenvolk und Weibervolk. Aber sie hätte umsonst gejammert, wenn sie nicht hinzugesetzt, in diesem Hudel habe Eiseli sicher keine Ruhe im Grabe, sondern werde in demselben so oft erscheinen, bis man ihm ein besseres Hemd ins Grab gegeben. Das überzeugte endlich, und der Alte brachte ein besseres her. Doch nahm er kaum eins von einem ganzen halben Dutzend; und hätte er es im Versehen getan und später bemerkt, so hätte er vielleicht Eiseli nicht Ruhe im Grabe gelassen. Und wer will dieses dem alten, ländlichen Gyzgnäpper verübeln? Lief doch jüngst ein alter, hoher Magistrat Gefahr, ausgegraben und mit einem ungeraden, schlechten Hemde angetan zu werden, weil der Abwart ihm unglücklicherweise ein schönes von einem halben Dutzend ins Grab gegeben hatte und der lachende Erbe meinte, das sei eine schändliche Verschwendung, daß der Verstorbene im Grabe ein besseres Hemd trage als er, der Lebendige unter den Lebendigen.

Nun erst glaubte sich Marei obenauf und guggete dem Alten untere so zärtlich, als sein Gesicht vermochte. Es wollte des Alten Frau und Bäurin werden und hatte gute Aussicht dazu. Dem Alten tat die Zärtlichkeit gar wohl, und alles, was er umsonst haben konnte, hielt er für erlaubt; und wurde Marei seine Frau, so ersparte er den Lohn. Aber schützig war er nicht und pressierte nicht mit dem Verkünden.

Aber närrisch tat er mit Marei, wie es alte Witwer nur zu oft ankömmt, wenn sie einer alten Frau losgeworden sind. Oh, wenn so ein alter Witwer wüßte, was für ein Los ihm wartet bei einer jungen, glustigen Magd oder einer muntern Witwe, er würde seine Augen richten auf ein kühles Plätzchen an der Seite seiner Alten, statt geile Augen jedem geilen Geschöpfe zuzuwenden.

Marei war eine schlaue Dirne und sorgte für Figge und Mühle. Sie nahm unterdessen, soviel sie konnte, damit sie ihr Schäfchen im Trockenen hätte, wenn den Alten eine andere Laune anwandeln sollte. Sie nahm aus Schränken und Gaden, aus Keller und aus den Hosensäcken des Alten. Sie versorgte die meisten der gestohlenen Sachen außer dem Hause bei guten Freunden. Solche gute Freunde findet man allenthalben, wo es ein altes, kinderloses Ehepaar, einen alten Witwer oder einen halbblinden Pfarrer zu rupfen gibt. Da ist's, als ob man es ordentlich für eine Sünde hielt, wenn man nichts von dieser Rupfete bekäme, nicht zu ihr wenigstens die Hand böte. Marei stahl zum Beispiel dem Alten Mehl und Erdäpfel; in einem anderen Hause machte man daraus Erdäpfelkuchen und sandte aus nachbürlicher Freundschaft dem Alten auch einige. Der lebte nun gar herrlich daran, lobte die Gutmeineheit der Leute; er ahnete nicht, daß er seine Erdäpfel, sein Mehl esse, und die andern lachten sich Kröpfe an den Hals ob der Freude des Alten an seinen Erdäpfelkuchen.

In Winkeln ließ Marei manchen Fünfunddreißiger fliegen für Brönz und Lebkuchen, womit es eine ganze Gesellschaft bewirtete; und wenn das Brönz zündete in seinem Gehirn, so erzählte es Dinge von seinem Treiben mit dem Alten, Züge aus ihrem Stilleben, daß jedem züchtigen Menschen blau vor den Augen wurde. Von dem allen merkte der Alte nichts; es wäre unbegreiflich gewesen, wie verblendet der schlaue Fuchs auf einmal war, wenn man nicht wüßte, daß eben diese Verblendung die Krankheit ist, welcher alte Witwer unterworfen sind.

Aber der Alte hatte Verwandte, welche erben wollten, welche nicht wollten, daß er heirate und daß der Kuckuck ihm Eier lege in sein warmes Nest zum Ausbrüten. Sie wollten sich einschleichen mit Schmeicheln und Geschenken. Aber Marei wußte sich gar schlau zwischen sie und ihren Alten zu stellen und wußte den natürlichen Widerwillen, den jeder Geizhals gegen lachende Erben hat, gar klug zu mächtiger Flamme anzublasen, daß sie sicher schien vor ihnen. Aber wenn ein Bauernhof auf dem Spiele steht, so gibt man nicht so schnell lugg. Sie spürten Marei nach, und Marei war so aufrichtig, besonders wenn es Brönz getrunken hatte, daß sie bald alles wußten und ihre Fallen stellen konnten. Marei verließ sich darauf, daß es gehe wie gewöhnlich, daß alle mit ihm im Bunde gegen den Alten seien, daß, wenn alle um ihr Treiben wüßten, es denn doch der Alte nicht vernehme. Denn dessen hat man tausend Beispiele, daß ganze Dorfschaften um das Treiben von Weibern und Töchtern, Knechten und Mägden etc. wissen, aber keine Silbe vernimmt der Beteiligte. Erst wenn die Sache an den Tag gekommen, das Unglück geschehen ist, gehen den Leuten die Mäuler auf; dann laufen alle herbei und wollen alles gewußt und alles gedacht haben.

Marei hatte dabei die Verwandten vergessen, die erben wollten, die einen Vorteil hatten beim Reden zu rechter Zeit.

Die nun, wohl wissend, daß der Alte ihnen nichts glaube, bestachen eine Nachbarsfrau, daß sie demselben unter dem Schein zärtlicher Teilnahme einen Floh hinters Ohr setze, ihn aufmerksam mache nach und nach auf Mareis Schliche und ihm Rat gebe, wie er darüberkommen könne. Sie machte ihre Sache meisterlich und hatte den Alten bald im Garne, hatte ihn bald überredet, daß er einmal, von einem Märit heimkommend, sein Geld wohl zähle, sich betrunken stelle, zärtlich tue und dann das Weitere gut beobachte. Er tat also und fand, daß ihm drei Brabänter gestohlen wurden. Nun fing er einen höllischen Lärm an; es war, als ob ihm jemand ein Aschentuch vom Kopf genommen. Sein Geld war ihm doch lieber als das Marei. Er lief zuerst zur Nachbürin, ihr zu danken, und dann zum Landjäger, die Sache anzuzeigen. Er war nicht zufrieden, der Diebin die Gelegenheit zum Stehlen zu rauben und sie aus dem Hause zu schaffen, er wollte noch alles Gestohlene wieder erhalten. Ein guter Freund riet ihm davon ab und winkte ihm, was bei einer nähern Untersuchung vielleicht zur Sprache kommen könnte. Allein was läßt ein Geizhals alles über sich ergehen für einen Kreuzer, geschweige denn um der Hoffnung willen, hundertfachen Kreuzerwert wieder zu erhalten!

Marei wurde eingezogen, seine Sachen ihm untersucht, und da fanden sich in einem Troge unzählbare gestohlene Sachen aller Art; aber Marei erzählte bei der Untersuchung auch Dinge, bei denen der Richter und seine Schreiber blinzeln mußten. Und sie sparten das Fragen nicht, um an dem Vernehmen nicht verkürzt zu werden, um am Abend im Leist recht viel Lustiges auftischen zu können. Doch das machte dem Alten nichts, und gerne wäre er noch den Hehlern zu Leibe gegangen, die Marei angab; allein die Gerechtigkeit wollte ihre kurzen Arme nicht bis zu diesen ausstrecken.

Marei kam ins Zuchthaus und mit den schönsten Zeugnissen über seine Buße, Zerknirschung, Besserung wieder heraus. Doch kurios war, daß der Fuhrmann, der es heimführte, ihm unterwegs zweimal Brönz zahlte; man wußte nicht, für was.

Es mußte bei seinen Eltern sein und taunen gehen um sechs Kreuzer oder zwei Batzen. Sein Wesen war etwas zimperliger geworden; aber seine Gelüste nach Brönz und Buben vermochte es je länger, je weniger zu verbergen. Wenn das Neuni kam, so war es meist das erste bei der Flasche, und wenn es dunkelte, so war es das letzte, das um Stall und Futtergang, wo das Mannenvolk hantierte, herumstrich. Dies letztere gefällt aber selten einer Meisterfrau, darum brauchten es die Leute auch nur in der höchsten Not; es kam daher gar armselig daher und tat dann immer wüster, wenn es zur Seltenheit zu einem Genusse kam.

Endlich gelang es ihm, wieder bei einem Witwer in Dienst zu kommen, bei einem Menschen, der jedem Roman wohl anstehen würde. Dieser war ein durch und durch verhärteter Bösewicht und fähig zu jeder Tat, und mit einem wunderbaren Gemisch von Frechheit und Schlauheit bewahrte er sich vor dem kurzen Arm der Gerechtigkeit unberührt. Sein Weib war ihm gestorben, vom zweiten lebte er getrennt; was er mit ihnen trieb, was er mit seiner Nachbaren Weiber trieb, trieb mit den Weibern, denen er Statt und Platz in seinem Hause gab, will ich nicht erzählen. Aber er war auch einer von denen, welche fast jede andere Nacht auf das Marodieren ausgehen und Felder, Baumgärten und die Umgebungen der Häuser plündern, und meist wohlbeladen kehrte er heim. Wohl oft ist er gesehen, aber nie ergriffen worden, was auch gefährlich wäre; denn wie der Mann sich bewehrt, weiß niemand. In das Gemach, worin er seinen Raub aufbewahrt, hat noch kein anderes Auge gesehen als das seine. Sein Tun kennen alle Leute, und doch macht demselben niemand ein Ende.

Dieser nahm Marei zu sich, er scheute das Zuchthaus nicht, und Marei scheute trotz seiner Besserung des Mannes Ruf nicht. Sie paßten, wie es schien, füreinander, denn sie rühmten einander gegenseitig, und Marei fing an, sich mehr aufzulassen mit Kleidern und hoffärtigem Wesen, fing an zu tun, als ob es da daheim und alles sein wäre, was des Meisters war. Viele wollten bemerken, daß es des Abends nicht mehr recht wisse, was es mache, und wie sturm es in der Küche und ums Haus herumhürsche. Doch wußte niemand, was es treibe des Tages über im Hause; denn dieses Haus stand an eines Waldes Rand wie ein schmutziges Geheimnis, selten betrat es jemand. Bei großen Anlässen, bei Brecheten, Waschen, wo Weiber zusammengeboten wurden, wollten diese immer bemerken, daß Marei oft läng Stück nicht wisse, was es mache oder rede. Bei solchen Anlässen konnte ihm sein Witwer das Brönz am wenigsten nachrechnen oder zumödelen, und da borgete es demselben auch nicht.

Einst in einer finstern Sturmnacht hörten die Nachbaren einen gräßlichen Schrei dringen durch Türen und Wände; sie horchten auf, und noch einer, noch viel schauerlicher, drang ihnen durch Mark und Bein. Die Männer öffneten die Läuferli, und die Weiber stunden schaudernd mitten in der Stube und durften, bebend vor einem neuen Schrei, nicht mehr den Atem ziehen. Aber kein Schrei ertönte mehr, stille blieb es draußen, nur der Wind brauste durch das Tal. Je stiller es aber ward, desto mehr nahm die Angst zu vor der gehörten Stimme und das Bangen, was sie gewesen, was sie bedeuten möchte. Aber ein Mann zündete seine Laterne an und sagte: Dies sei nichts Übernatürliches, bedeute kein kommendes, sondern ein geschehenes Unglück. Er hätte heute das Marei für das Wöschen zwegmachen gesehen, und niemand wisse, was da geschehen sei; dorther sei der Ton gekommen. Man müsse gehen und zusehen, wahrscheinlich sei der Alte wieder auf seiner Marode. Er ging und noch zwei mit ihm; aber die Weiber zitterten, als diese gingen, daß die Fenster klirrten. Drüben fanden sie die Türe offen, fanden niemand in der Küche; stille war's darin, nur brodelte im Hintergrunde das Wasser in dem in den Boden eingegrabenen Kessel, und düster glühte das Feuer durch den Dampf.

Sie zündeten behutsam durch die Küche hin, sie zündeten bis zum Kessel, und aus dem Kessel ragte ihnen ein Kopf entgegen – es war Mareis Kopf, das gesotten im Kessel schwamm, in den es betrunken gestürzt, ohne Kraft und Besonnenheit, sich wieder hinauszuhelfen. Mit seinem Wehgeschrei, das ihm keine Hülfe brachte, hatte das unglückliche Mädchen sein unglücklich Leben geendet.

Das Lisabeth führte in seinem Schachen zu seinem Wollenrüsten ein wüstes Leben und erhielt dafür einen wüsten Lohn.

Jedem preis, um mit diesem Preis zu einem Manne zu gelangen, nichts sehnlicher wünschend, als schwanger zu werden, weil es glaubte, das sei der einzige, unfehlbare Weg zum Mannen, ward es nicht, was es wollte, sondern krank, und zwar wüst krank. Es dokterte hie und da, es trank in die Tränker hinein Branntwein; während es den Leib salbete, versalbete es sich mit Branntwein, bis sein Hals zu einer Hölle ward, die mit teuflischem Feuer es peinigte. Es mußte ins äußere Krankenhaus gebracht werden und litt dort schwer und lang. In seinem aufgedunsenen Körper saß gar mancher alter, böser Rest, und gar tiefe Wurzeln hatte das neue Übel geschlagen, der guten Säfte waren gar wenige mehr, und der an Branntwein gewöhnte Körper fiel durch Entbehrung desselben zusammen, ward unendlich matt und wollte gar nicht arbeiten helfen dem Arzt. Wenn dieser meinte, er hätte an einem Orte gewähret, so brach das Feuer an einem anderen Orte wieder aus. Endlich wurde Lisabeth geheilt entlassen, aber nicht gebessert. Und die Heilung war eine solche, wie sie bei dieser Krankheit möglich ist in diesem Körper. Man sieht nichts mehr einige Zeit davon, aber deren Folgen wird man früher oder später scharf fühlen müssen.

Lisabeth kam heim und redete mit so seltsamer Stimme und sah so jämmerlich aus, daß seine Bekannten fast nicht glauben konnten, daß dasselbe das alte Lisabeth sei. Aber es war das alte Lisabeth und sein alter Wandel, es, ein gebranntes Kind, fürchtete das Feuer nicht; auf alte Kinder paßt dieses Sprüchwort nicht immer, junge Kinder sind viel klüger. Und kurioserweise gelang ihm jetzt, was es früher umsonst gesucht hatte, es fand einen Mann, und zwar einen halbbatzigen Gürtler oder, vornehm gesagt, einen Silberarbeiter, einen ländlichen Goldschmied. Derselbe fabrizierte Uhrschlüssel, Fingerringe, Hafte, Schnallen, kreuz- und herzförmig, nahm dazu Silber, soviel er hatte, und füllte den Mangel mit etwas anderm aus. Er putzte auch Göllerketteli aus und hätte gerne welche gemacht, wenn er genugsam Kredit gehabt hätte. Er war ein kleiner, schmächtiger, schmutziger Kerl mit einem Gesicht, das mit dem Leder aus einer hundertjährigen Postkutsche überzogen schien. In einer mäßigen Drucke hatte alle seine Ware Platz, und an den Märkten konnte er sie auf einem zweischuhigen Tischchen so schön auslegen, daß kein Stück das andere sehen konnte, geschweige denn berührte. Auf allen Märkten zog er herum, stund majestätisch an seinem Tischchen, verborgen hinter einer mächtigen, mit Silber beschlagenen Pfeife, und trotzig hing an der Seite des Kopfes Sommer und Winter seine klebrige Pelzkappe. Und wenn er drei Batzen gelöst hatte, so pflanzte er sich hinter einen Teller, worin für einen halben Batzen Suppe war, hinter ein batziges Bein und ein batziges Baggeli und streckte seine kurzen Beine so trotzig und kühn um sich her, als ob er des türkischen Kaisers Tochtermann sei.

Die Quasimannsperson wollte ein Weib, das ihm die Drucke trage, zwischendurch damit hausiere und ihm zuweilen eins von seinen zweien Hemden wasche. Lisabeth hatte schon lange ein Auge auf diese Mannsperson gehabt, der eine schöne Rolle spielte im Schachen. Man denke sich das Glück, auf alle Märkte zu können, zwischendurch zu hausieren, und über alles noch die Hoffnung, es bis zu einem Charabänkli und bis ans Ordinäri zu bringen! Es wollte lange nicht gelingen, den Schachenschmetterling zu fangen; und was für Künste, für besondere Schickungen nötig waren, bis der kühne Gürtler in Lisabeths Falle war und noch dazu ohne Schwangerschaft, will ich nicht erzählen. Das war nun anfangs ein Leben voller Glück, ein fortwährend Wandern durch dick und dünn, ein fortwährend Genießen von dick und dünn. Lisabeth ließ sich ordentlich zweg an Fleisch und Kleidern.

Niemand konnte begreifen, wie die Gürtlerei das abtragen möge; aber Lisabeth trieb neben der Gürtlerei nun auf den Märkten, während der Gürtler hinter seinem Tischchen stund und hinter seinem batzigen Wein saß, noch einen andern Handel, um den der Gürtler wohl wußte, den er sich aber wohl gefallen ließ, weil dann Lisabeth später auch zu ihm saß und Geld brachte zu allerlei, bis sie sturm heimkonnten. Es war manchmal merkwürdig, zu sehen, wie sie zusammen heimtaumelten und bald die Drucke, bald das eine von ihnen im Kote lag.

Doch gingen sie nicht immer zusammen. Zuweilen hatte Lisabeth noch Bestellungen hier und dort auf einem Tentsch. Friedlich schieden sie sich da, wo die Wege sich trennten, und manchmal wartete der Gürtler geduldig seinem Weibe da, wo die Wege wieder zusammenliefen. Mitten in dieses Schlaraffenleben hinein trat ihnen etwas Unerwartetes, Verwünschtes: Lisabeth wurde schwanger. Was früher die Lisabeth am höchsten gewünscht hatte, das war ihr jetzt am meisten zuwider, jetzt waren ihr Kinder gräßliche Schleiftröge für ihr Herumlaufen. Aber so geht es oft im Menschenleben: was heute der Mensch wünscht, kömmt heute nicht, wohl aber morgen, wenn es der Mensch über alle Berge wünscht. Gott wird wohl wissen, warum es also geht.

Lisabeth bündelte so lange herum als möglich und trank, um die Beschwerden dieses Lebens zu vergessen, etwas mehr als sonst. Endlich gebar sie einen Sohn und meinte, es müsse gestorben sein. Aber schon nach acht Tagen saß sie am Kindbettischmaus, wo es hoch herging und dem Gürtler ein Hut hoch oben auf dem Kopfe saß statt der Pelzkappe. Da war ein Rühmen und ein Rufen nach frischem Wein! Aber ob die Kindbetti bezahlt ist, weiß ich nicht. Nach drei Wochen war die Mutter an einem Märit von früh bis spät, und das Kind konnte zu Hause liegen im Kot und schreien zum Ersticken, das schor niemand. Eine Nachbarsfrau hatte den Auftrag, mittags, wenn sie von einer Brecheten heimkam, nach ihm zu sehen und ihm zu trinken zu geben. Das werde nicht alles zwänge; es hätte auch manchmal allein sein müssen, seine Mutter hätte es auch so gemacht. Es wolle dann etwas früher heimkommen als sonst, um es zu säugen. Aber Lisabeth kam nicht früher, und was half dann dem Kind die mit Branntwein geschwängerte Milch? Und das Kind lag nicht nur einmal so, sondern oft. Zuweilen nahm es wohl die Mutter, putzte es heraus mit allem, was sie hatte; aber es zu waschen kam ihr selten in den Sinn. Mit demselben stund sie oft vor alle Häuser und lief mit ihm herum, soweit sie kommen konnte, und alle Leute sollten rühmen, was das ein Kind sei voll Schönheit und Klugheit, wie wenigstens seit dem Übergang keins mehr erschienen sei vor ihren Augen. Das Kind war aber plump, gelb, hatte böse Ausschläge; und ehe es reden oder laufen konnte, war ein zweites da.

Mit diesem machte Lisabeth es wie mit dem ersten, ließ es liegen, wenn sie laufen wollte, aß und trank, was ihr gut dünkte, und nicht, was dem Kinde gut war. Ja, sie ersinneten ein neues Mittel, um des Nachts ruhig schlafen zu können, ungeweckt von Kindsgeschrei: sie gaben den Kindern abends ein Löffel Branntwein; das sei bsunderbar gut fürs Schlafen, meinten sie. Aber je weniger man sich mit den Kindern abgeben mag, je mehr man sie vernachlässigt, desto weniger kommen sie einem aus den Händen, desto weniger Trost und Freude hat man von ihnen. Es zahlt sich das meiste auf Erden; wer seine Bäume am fleißigsten wartet, der erntet reichlich von ihnen; aber nichts zahlt sich reichlicher als fleißiges Warten, als treues Mühen um die Kinder, nichts rächt sich gräßlicher als ihre Vernachlässigung, nichts schlägt furchtbarer als die Selbstsucht einer Mutter, welche die aufopfernde Liebe verleugnet: Aber daß die Kinder das Tun gottloser Eltern mit verkrüppelter Seele, mit verkrüppeltem Leibe zahlen müssen, ist eins von den Rätseln Gottes, dessen Lösung über des Menschen Sinnen geht. Aber nicht wahr, lieber Vater, für diese Kinder hast du einen eigenen Himmel, in welchem es noch einmal so schön ist als in irgendeinem andern, und für solche Eltern eine Hölle, wo es noch einmal so heiß ist als in irgendeiner andern?

Das zweite Kind war offenbar ein taubstummes; und ehe sie sich's versahen, kam dazu ein drittes und eins nach dem andern bis auf sechs, und eines immer elender als das andere; stumm, mit beständigem Ausschlag, bösen Köpfen, Krätze usw. behaftet, unreinlich Tag und Nacht, kraftlos und stumpf. Und zu allem diesem ordinäri Unglück noch außerordentliche. Elisabeth trug einmal ein Kind im Schachen herum und nahm wahrscheinlich zu viel Brönz zu sich, fiel auf dem Heimwege um, litt selbst keinen Schaden, aber das Kind brach das Bein zweimal. Das Kind, auf das die trunkene Mutter gefallen war, litt fürchterlich, litt lange und wird an seinem verkrüppelten Bein sein Leben lang leiden müssen. Andere Kinder verbrannten sich, aber sterben konnte keins; alle blieben am Leben, blieben lebendige Zeugen der Ruchlosigkeit der Eltern. Allemal, wenn Kinder begraben wurden, klagte die Lisabeth, wenn es recht zuginge, so müßten ihr auch welche sterben, aber ihr verrecke nie eins. Es werde sie eine Dolders More verhexet haben, daß keins sterben könne.

Man kann sich das Elend dieser Leute gar nicht vorstellen. Der Verdienst nahm immer mehr ab; denn Lisabeth mußte immer mehr zu Hause sein, fand immer weniger Liebhaber. Der Gürtler vermochte immer weniger, etwas in sein Handwerk zu setzen. Die Drucke wurde immer kleiner. Auf dem Tischli wurden die Lücken immer größer, der Verkauf also immer geringer. Dennoch wurden die Märkte nach wie vor besucht, wollte man sich da an Essen und Trinken nichts abbrechen; es mußte hausiert sein, und keinen Tag wollte man den Branntwein missen, die Guttere mußte fort und fort auf dem Arbeitstische stehen. Je weniger man verdiente, desto größer wurden die Bedürfnisse. Der liebe Gott vermehrte von Tag zu Tag den Druck, er wollte die Eiterbeule ihnen ausdrücken; allein sie ließen alles, nur ihre Laster nicht. Sie schliefen auf einem verhudelten Laubsack, die Kinder unter Hudeln auf dem Ofen. Sie hatten in der ganzen Haushaltung nicht ein gutes Hemde mehr, keine guten Strümpfe mehr, keinen ordentlichen Hausrat keiner Art; aber sie ließen das Laufen und Trinken nicht, und jeder aufgebrachte Kreuzer wurde daran verwendet und nicht zur Milderung des häuslichen Elendes. Die unglücklichen Kinder erhielten immer weniger zu essen, an ihrem Munde wollten die Eltern für ihr Gelüsten ersparen. Wenn das saubere Paar an einem Markte breit in einem Wirtshause saß und da auftragen ließ, saßen die armen sechs Kinder zu Hause bei kalten Erdäpfeln oder einer Wassersuppe oder bei gar nichts; denn die Mutter hatte oft das Herz, den Kindern zu sagen, sie könnten es sauft machen, bis sie heimkäme, sie wollte ihnen dann etwas mitbringen. Und mehrere von den unglücklichen Kindern konnten nicht einmal betteln; sie waren ja stumm, konnten ihre von der Mutter zerdrückten Beine nicht brauchen.

Man stelle sich an kalten Wintertagen die sechs hungrigen, halb gekleideten, von ihren Eltern verlassenen Kinder vor, Kinder, mit allen Gebrechen behaftet, welch Jammer unter ihnen sein mußte, welch Jammergeschrei aus der Hütte ertönen mußte! So hart die Leute auch im Schachen waren, es hatte doch manche Frau Mitleid mit den verlassenen Würmern und brachte ihnen zu essen, und Tränen kamen ihr in die Augen, wenn die Armen an die gebrachte Kachel schossen wie Schweine an den Trog, in den man ihnen das Fressen schüttet. Manche Frau wollte Lisabeth Vorstellungen machen; aber Lisabeth sagte ihr wüst, das gehe sie nichts an, es seien ihre King, und sie könnte mit ihnen machen, was sie wolle, es gehe niemere nüt a. (Man sieht, die Frau hatte die neuesten liberalen oder vielmehr radikalen Grundsätze gut los.) Man wußte nicht, welche Kinder elender waren, die Stummen und Krüppel oder die, welche reden und gehen konnten. Die letzten konnten freilich betteln gehen; aber dafür sollten sie auch alles machen, sollten Holz schaffen und Essen herzutragen, sollten mit ihren ausgemergelten Leibchen der schwersten Arbeit sich unterziehen, für welche die Eltern zu faul waren, und kamen nie eine Nacht in ein Bett, nur unter Hudeln auf den harten Ofen.

Was viele Menschen leiden müssen, kennen viele Menschen nicht, können noch viel weniger in einen solchen Zustand sich hineindenken. Oh, wer hineinblicken könnte in eines solchen armen Kindes arme Seele, er würde blutige Tränen weinen über den Jammer, der da aufgeschichtet liegt, sein Herz würde ihm sagen, ob man das Recht hätte, so arme Kinder aus unmenschlichen Händen zu erlösen.

Gott drückte immer schwerer auf sie; er wollte, daß sie unter dem Drucke sich beugten vor ihm, daß sie aufschauten zu ihm. Aber ihre Augen waren verquollen, sie konnten nicht mehr zu Gott aufsehen, sie konnten nur sehen in ihr Elend hinein, in ihre Flasche. Sie fühlten den Druck. Sie schimpften über die ganze Welt; aber daß Gott den Druck zu ihrer Bekehrung geordnet, kam ihnen nicht in den Sinn. Sie gehörten zu den Leuten, die so in den Schmutz des Lebens versunken sind, daß Gott aus ihrem Leben durchaus verschwunden ist, die ihn weder fühlen noch an ihn denken, die durchaus nichts mehr auf ihn beziehen. Sie sind aber auch nicht eigentliche Ungläubige, sowenig als man von einer Sau sagen kann, daß sie ein Atheist, ein Gottesleugner sei.

Sie gingen nur zur Kirche, wenn sie taufen ließen, und hatten bei der Taufe keine anderen Gefühle als diejenigen, welche einer hat, der hungrig ist und bald an einen wohlbesetzten Tisch sich setzen will. Sie freuten sich auf Geschenke und Einbünde der Gevatterleute, denn die Einbünde dienten ihnen einige Wochen lang zu reichlichen Branntweingenüssen. Wie Gott auch drücken mochte, sie sahen nicht zu ihm auf, sie schrien nur lauter auf und glaubten sich mehr erlaubt. Der Druck lastete besonders auf der dicken Lisabeth. Ihr lastervoller Körper begann mehr und mehr ein Siechenhaus zu werden. Ihre Bresten alle will ich nicht nennen, sie sind zu ekelhaft; nur von einem muß ich reden. Ihre Beine schwollen ihr auf und wurden ihr so schwer wie Mühlsteine, daß ihr jedes Laufen die größte Pein verursachte; und doch mußte gelaufen sein.

Ihre Brust quoll zusammen, und ihr Atem wußte fast nicht mehr, wo aus. Wenn sie eine schnelle Bewegung machte, wenn sie einige hundert Schritte ging, so mußte sie den Atem suchen wie einen Gufenknopf, mußte stillestehen und schnupen, daß man es fast eine Viertelstunde weit hörte; und doch mußte gelaufen sein.

Wenn sie Branntwein trank, so war es ihr bald, als ob man den Zapfen statt in die Flasche in den Hals ihr stoße, bald, als ob sie hundert Nadelspitzen mitgeschluckt hätte, dann kam der Husten hastig aus der Brust herauf, schüttelte das dicke Mensch zusammen wie der Wind eine Bohnenstaude und trieb ihm die Augen aus dem Kopfe, daß jedes Lüftchen sie ihm wegwehen zu können schien; und doch mußte getrunken sein.

Auf seinem Laubsacke hatte es keinen Atem mehr des Nachts und mußte aufsitzen, mußte unters Fenster gehen, mußte jammern und wimmern ganze Nächte durch. Es behauptete, das komme von den Erdäpfeln her, die es nicht erleiden möge, aß keine Erdäpfel mehr, etwas anderes mußte erbettelt, gestohlen oder gekauft sein; aber die fürchterlichen Spangen über der Brust wollten nicht weichen. Es wollte nicht weiter werden drinnen in der geheimnisvollen Höhle, wo das geheimnisvolle Uhrwerk in gemessenen Schlägen pocht. Sie hatte fürchterliche Leiden und zu den Leiden immer die gleichen Gelüsten, welche die Leiden auf unnennbare Weise steigerten. Es war, als ob alle Leiden, welche die armen Kinder ob ihrer mütterlichen Untreue gelitten, nun vervielfacht in ihrem Körper sich abgelagert hätten und da Rache übten an der gottlosen Mutter.

Kein Gelüsten nahm ab; aber jede Befriedigung brachte immer unerträglichere Leiden, Leiden, daß Sterben dagegen wie Hochzeitsfreuden gewesen wäre. Und doch wollte Lisabeth nicht sterben und sagte allen Leuten wüst, die ihm davon redeten. Und doch lernte Lisabeth nicht beten und fluchte mit den Leuten, soweit es sein Husten erlaubte, als sie es mahnten, den Pfarrer holen zu lassen. Es könne es machen ohne den schwarzen Donner, der könne ihm doch nichts machen mit seinem Gstürm, von dem man nicht wisse, was Gyx oder Gax sei.

Und so lebt die Elisabeth noch heute in jenem Schachen, kann nicht leben, kann nicht sterben. Sie kann nicht mehr gehen vom Hause weg. Aber wenn ihr bei einer Hütte ein aufgedunsen, hustend Weib seht, das alle Viertelstunde einen Schritt macht, wenn ihr um dasselbe sechs Kinder kriechen seht, die eher Würmern als Menschen gleichen, wenn ihr hinter den glaslosen Fenstern eine schwarzgelbe Mumie seht, die mit Hammer und Zange etwas fichtet, und es euch scheint, als kriechen die sechs Würmer heran, witternd Totenfleisch, als Verkündiger des nahen Todes für das dicke Weib und den gelben Mann, da steht still und schaut euch den Jammer an, denn da seht ihr die dicke, geile Lisabeth, ihren üppigen Gürtler und ihre armen, armen Würmchen; betet für sie, betet für die armen Würmchen, daß Gott sie bald erlöse und hinaufnehme in seinen schönen Himmel!

Während ich diese sämtlichen Nachrichten sammelte, hatte der Kaffee manchmal auf- und abgeschlagen, und manchen Stock französischen Runkelrübenzucker hätte ich für süßen holländischen verkauft. Manchmal hatte ich meinen alten Häftlimacher besucht und immer größere Erbauung an ihm gefunden. Ich lernte Land und Leute ganz anders kennen, als es mir sonst vorkam. Wie ganz anders kömmt einem wohl ein glatter, junger Leib vor, wenn man ihn von außen im Vorbeigehen ansieht, als wenn man die Haut aufschneidet und das Innere des Leibes bloßlegt, ja, wie ganz anders würde einem mancher Mensch erscheinen, wenn man ihm nur einen Strumpf abziehen würde, geschweige denn etwas mehreres. So ungefähr geht es auch mit Land und Leuten. Hinter der Oberfläche, die man im Vorbeireisen ansieht, kömmt meist etwas ganz Unerwartetes zum Vorschein, wenn man hinter dieselbe zu schauen vermag.

Aber wenn ich zu dem Häftlimacher kam, so war immer meine erste Frage nach Liseli; das Mädchen hatte ich, bestochen durch sein hübsches, munteres Wesen, ordentlich liebgewonnen. Ja wahrhaftig, ich hätte mich in das Mädchen verlieben können aus reinem Mitleid trotz seinen Schwächen, wenn ich demselben näher gekommen wäre.

Einige Zeit durch vernahm ich eben nichts Merkwürdiges von ihr, es ging in ihrem Hause immer gleich zu; Streit am Morgen, Streit am Abend, jedes nahm, was es konnte, jedes tat, was es wollte. Lange war es mit ihrem Knecht im Geschrei, mit eben dem Burschen, mit welchem es an jenem Abend gemeinsam gespielt hatte. Der hatte aber geglaubt, er habe das Recht, zu nehmen, so gut als die andern; die Brüder waren ihm darübergekommen und bewiesen ihm mit tüchtigen Schlägen sein Unrecht und jagten ihn fort, und Lisi ließ ihn auch fahren. Später redete man ihr allerlei nach, man wollte es an Tanzsonntagen auf verdächtige Weise angetroffen haben, an Markttagen sollte es in offener Gaststube diesem oder jenem auf den Knien gesessen, ihn ungescheut gemüntschelt haben, auf dem Heimweg an einem Hag liegengeblieben sein.

Reiche Bauern und bedeutender Verkehr lockten einen sogenannten Geschäftsmann, in dieser Gegend sich zu setzen. Es wissen vielleicht nicht alle Leute, was man unter Geschäftsmann versteht. Ein Geschäftsmann ist ein Kummerzhülf für alle Leute, die sich nicht selbst zu helfen wissen. Sie schreiben den Leuten, sie suchen ihnen Geld, sie treiben ihnen Geld ein, sie vertreten sie vor dem Richter, wenn der ihnen wohlwill und sie annimmt, was er laut Gesetz eigentlich nicht müßte oder nicht sollte, ich weiß nicht, welches von beiden. Sie machen ferner die Leute aufmerksam, wenn ihnen das kleinste Unrecht geschieht oder wenn vor siebenundsiebzig Jahren ihrem Großvater eins geschehen ist, und blasen den glimmenden Funken zu hellen Flammen an, bis ein lustiger Prozeß in vollem Gange ist. Diese Leute haben aber keine Patente keiner Art. Wenn daher Unterschriften nötig sind zu Einlegung von Schriften etc. oder eigentliche Erscheinungen vor Gerichten, so tritt ein Fürsprech für sie ein. Diese Geschäftsmänner sind eigentlich für die Fürspreche, was die sogenannten Treibauf für die Stadtmetzger oder Tannhuser Lari für die Roßweltsche. Und wie die Treibauf von den Landmetzgern gehaßt werden, so werden die Geschäftsmänner von den Agenten gehaßt und nicht mit Ungrund; denn sie brauchen keine Patente, also keine Examen, keine Gesetze schränken sie ein oder bestimmen ihre Sporteln, sie leben daher wie die Vögel im Hirse. Und wenn die das Kegeln gut verstehen, das Rappären zu zehn Batzen den Einsatz nicht scheuen, nebenbei mit den Karten gut umzugehen wissen, andere dabei tüchtig trunken machen, selbst nüchtern bleiben dabei und einen oder zwei gute, hintersetzte Schlufene an der Hand haben, die das Geld nicht genau nachzählen, so steht ein solcher Geschäftsmann sich herrlich und wird bald zu vornehm, eine Stunde weit zu Fuß zu gehen.

Der Geschäftsmann, der in Liselis Nähe sich setzte, war ein in irgendeiner Stadt mißratenes Subjekt, das dort nicht mehr fortkommen konnte, eine Portion Verschmitztheit besaß und vom Land nicht mehr wußte, als daß auf demselben reiche Bauern und hübsche Meitscheni seien. Er zweifelte keinen Augenblick, wenn er auf dem Lande sich zeige, so würden die reichen Bauern ihm zuströmen wie Krebse einer Rinderleber, und Meitscheni würden sich ihm anhängen ganze Steinkrätten voll; denn er bildete sich nicht wenig ein auf sein Reden und sein Gesicht und seinen etwas abgebürsteten grünen Rock. Doch ward er nie mit sich einig, ob die mäusegraue Anglaise ihm nicht noch besser stehe.

Aber das Ding wollte nicht gehen, wie er sich gedacht. Er wußte nicht, wie mit den Bauern anknüpfen, sein Pralatzgen in den Wirtshäusern zog niemand ihm zu. Mit den Meitschene ging es ihm ebenso. Neben jedem hübschen Meitschi stund ein handfester Baurenbursche, und da mein Geschäftsmann eben nicht handfest und kein Liebhaber von Schlägen war, so mußte er glustig in einer Ecke stehen und zusehen, wie die andern sich lustig machten. Des Nachts durfte er noch viel weniger den hübschen Mädchen nach, und wenn er es auch versuchte, so kam er nie bis zu einem Gaden, er lief schreckensvoll vor jedem Zaunstecken, der nur den kleinsten Katzenbuckel machte.

In seinen Nöten sah er Liseli verlassen stehen. Das kernhafte Mädchen gefiel ihm, das floh ihn nicht, niemand machte es ihm streitig, alle hatten Freude daran, die beiden aneinander zu wagen; denn darin bestand gar oft die Rache der Landleute gegen Geschäftsmänner etc., die sich unter sie setzen, daß sie ihnen etwas Wurmstichiges anhängen. Das Geschäftsmännchen war grenzenloser Freude voll, mit einer so hübschen Baurentochter zusammengeraten zu sein. Liseli gefiel er auch, denn er sparte den Wein nicht. Sie zottelten zusammen heim, und als am Morgen das Männchen das große Baurenwesen sah, da dachte er, wie Liseli eine gute Partie sei, wie er da im Stöckli vielleicht umsonst zHus sein könne; und als er hörte, daß der Vater Vorgesetzter sei, so dachte er, der könne ihm am besten Arbeit und Kunden verschaffen. Er hielt daher nicht lange hinter dem Berge, sondern rückte alsobald mit seinem Antrage hervor. Das war dem Meitschi mehr als recht. Einen Mann hätte es schon lange gerne gehabt; zudem ward ihm das Arbeiten mehr und mehr zuwider, so gerne es dasselbe früher getrieben hatte. Aber starke Getränke erschlaffen nach und nach den Leib, eine gewisse Trägheit durchrieselt denselben, man mag, man kann fast nicht mehr arbeiten, und je mehr man trinkt, je länger man es treibt, um so weniger. Nicht umsonst gibt Gott dem Landmann so reichlich Erdäpfel und Milch zu seiner harten Arbeit.

Es hätte einen Bauer zwar auch genommen, aber so ein Geschäftsmann war ihm zehnmal anständiger. Bei dem konnte es die Herrenfrau machen, hatte höchstens das Bett zu machen und den Kaffee und höchstens an einem Strumpf mit den Nadeln herumzubohren. Es sagte daher mit allen Freuden ja, und der Vater sagte nicht nein. Er war Liseli nicht ungern los, er hatte auch nicht ungern einen Geschäftsmann zum Tochtermann, mußte der ihm doch umsonst machen, was er anderwärts bezahlen mußte.

Das Männchen war wie im Himmel. Eine schöne, eine reiche Frau, Kunden vollauf – mußte aber auch so etwas ein Menschenkind, das bis dahin nichts gehabt hatte als leere Hoffnungen und eine Hütte voll Hochmut, nicht fast verrückt machen? Er marschierte auch den dritten Tag heim wie ein Güggel, grüßte nur den zehnten Menschen und wußte vor lauter Stolz nicht, sollte er danken, wenn ihn jemand grüßte.

Liseli nahm sich in acht, seine Schwachheit zu früh merken zu lassen. Wenn sie miteinander ausgingen, das Hochzeit anzugeben oder Verwandte zu besuchen etc., und einkehrten, so trank es mäßig vor seines Bräutigams Augen, begnügte sich mit einem Schoppen oder einer Halbe; aber daß es sich nebenbei einen Schoppen oder Halbe extra kommen ließ hinter seinem Rücken und die Halbe im dunklen Gang den Hals hinuntergoß, das sagte es nicht, oder daß es einen halben Schoppen Branntwein noch geschwind zu sich nahm, wenn er bereits aus dem Wirtshause war, das merkte er auch nicht.

An der Hochzeit ging es lustig zu und, wie man sagt, waren beide so zugerichtet, daß keins den Zustand des andern merkte, eine merkwürdige Vorbedeutung an einem Hochzeitstage.

Lustig ging es zu in der ersten Zeit. Sie hatten immer etwas Gutes in des Vaters Stöckli, wo sie wohnten, um dasselbe sich durch den Morgen oder abends zu Gemüte zu führen. Und wenn der Mann fort war, so hieß er sein Weib ihm bis zum nächsten Wirtshaus entgegenkommen, und dieses ließ es sich nicht zweimal sagen und machte, daß es noch vor dem Manne dort war, um zuerst einen guten Grund zu legen mit Branntwein oder Rotem, beide schmeckten ihm gleich gut.

Aber allmählich erleidete das dem Geschäftsmanne. Er dachte sich immer deutlicher, daß er das Geld verdiene und es nicht billig sei, daß das Weib von allem habe, was er genieße, daß es ihm noch einmal soviel bschießen möge, wenn er allein esse und trinke ohne Weib. Er begehrte nichts mehr zu Hause zu haben, aber er ging durch den Morgen in die benachbarte Pinte. Er hieß seine Frau nicht mehr ihm entgegenkommen, er selbst aber kam immer später heim, denn das Spielen gefiel ihm immer besser. Er führte seine Frau immer seltener mit sich an Märkte oder an Sonntagen hie und dort aus in ein Bad oder eine Tanzete.

Aber Lisi ließ das sich nicht anfechten. Es schaffte daheim sich etwas und gab dem Manne auch nichts davon. Und wenn der Mann fortblieb, so nahm es zu Hause einen Schluck desto mehr, und gar wohl war es ihm, wenn es etwas gstürm ins Bett konnte. Man schlafe noch einmal so wohl, da wecke einen nicht en iederi Fleuge, und wenn es schon ein wenig donnere und blitze, so werde man davon nichts gwahr und brauche sich nicht zu fürchten.

Und wenn der Mann es nicht mehr mitnahm, so ging es auf eigene Faust, ging hie und dort zAbesitz oder hatte etwas im Dorf zu verrichten und nahm im Vorbeigang einen halbmäßigen Schluck zu sich. Ja, es ging auch weiter fort auf irgendeinen Märit oder sonst auf irgend etwas. Und wenn es irgend einen gefälligen Gummi antraf, der es führen wollte in seinem eleganten Chaischen, so machte es diesem zulieb anderhalb Tage aus anderhalb Stunden und blieb eine Nacht außer dem Hause. Wahrscheinlich hütete sie dem Gummi aus Dankbarkeit das Chaischen, während derselbe Geschäfte machte.

Liseli focht ganz ungeniert mit ihres Mannes Geld; was seins sei, gehöre auch ihm, meinte es, und von Aufschreiben oder Rechnunggeben hatte es nie gehört. Es nahm soviel, als es ankam, und brauchte nicht alles für sich. Es war noch immer das gutherzige Liseli, das jedermann helfen wollte. Jetzt konnte es nicht mehr von des Vaters Naturprodukten austeilen, darum teilte es von des Mannes Geld aus.

Dem Mann war das nicht recht, er muckelte manchmal, es fehle ihm wieder Geld, er könne gar nicht begreifen, wo alles hinkomme; wieviel er auch verdiene, es sei immer nichts da. Einmal hatte er eine wohlgezählte Summe für jemand anders eingenommen, und als er sie abliefern wollte, fehlte wieder. Da wurde das Männchen gewaltig zornig, es wußte wohl, daß niemand anders als seine Frau sich daran vergriffen. Auf dem Heimweg entschloß er sich, ein Exempel zu statuieren. Er kam heim wie auf Stelzen und strengte sich zu tiefer Baßstimme an und gurgelte auf wunderliche Weise die Frage hervor: »Hast du mir von dem Geld in dem und dem Sack gestohlen?« Seine Frau verstund die wunderliche Stimme gar nicht und mußte ihn mehrmals fragen. Da fing der Mensch an dreinzuschlagen. Anfangs meinte Liseli, das Männchen sei besonders guter Laune und wolle es kräftiger tätscheln, als er's sonst im Brauche habe. Als das Männlein aber statt mit der Hand, mit welcher er nichts ausrichte, mit der Faust dreinschlug, so merkte Liseli, daß es ernst sei, flammte nun auch auf, hob ihn mit beiden Händen hochauf, schlug ihn aufs Bett und walkte ihn dort durch, bis er mit den zärtlichsten Namen um Vergebung flehte. Liseli war nicht unerbittlich. »Gell, du Dolders Schnuderbubli, dir han is zeigt, wer Meister ist!« so sagte es, und nachdem es das gesagt hatte, war es wieder die zärtlichste der Gattinnen. Das Männchen versuchte diese Kur niemals mehr. Aber er steckte, wenn er fortging, den Schlüssel zu sich, und wenn Liseli deswegen mit ihm aufbegehrte, so sagte er, es sei im Vergeß geschehen. Nun, Liseli machte kurzen Prozeß, es ließ einen eigenen machen; es ließe sich nicht bevogten, sagte es und bsunderbar von einem nicht, der nie soviel von seinen Eltern erben werde, daß man einer Laus das Füdle damit salben könnte.

Das Weibchen war auch Mutter geworden und hatte seine Kinder gar grausam lieb. Anfangs war es ihm immer unglücklich mit ihnen gegangen; es konnte, so lieb es sie hatte, so gerne es Kinder bekam, doch nie gehörig Sorge zu ihnen tragen. Was man ihm auch sagen mochte, es tat alles, was ihm einfiel, es war durchaus nicht Meister irgendeiner Lust. Kam ihm dann eins zu früh oder starb ihm sonst, so hintersinnete es sich fast, schlug sich den Kopf an die Wände, jammerte sich fast die Seele aus dem Leib, schrie, wenn es der Leiche des Kindes folgte, daß das ganze Dorf zusammenlief, fiel am Grabe fast zusammen, mußte mit Gewalt davon und in die Kirche gerissen werden. Und dabei war kein absichtlicher Spektakel, sondern alles kam von Herzen, aber daß es dann deswegen ein andermal vorsichtiger gewesen wäre, selb nicht. Endlich brachte es Kinder mit dem Leben davon und hatte eine gar unaussprechliche Freude an ihnen. Es war fast, als ob es sich ändern und wirklich eine treue Mutter werden wollte. Es lief nicht mehr so oft vom Hause weg und ließ nicht die Kinder alleine. Ehedem konnte nichts im Dorfe vorgehen, keine Hochzeit, kein Leichenbegängnis, wenn es nicht seine Nase über die Kirchhofmauer gestreckt hätte. Jetzt konnten hundert Hochzeiten gefeiert werden und die Hochzeitleute in einem Dutzend Kutschen angefahren kommen, es versetzte keinen Schritt dafür, geschweige denn, daß es eine Stunde weit durch dick und dünn geloffen wäre; die Lust zu solchen Dingen war ihm über der Liebe zu seinen Kindern rein vergangen.

Aber es narrte mit ihnen, wie man es mit jungen Katzen treibt, sie waren sein Spielzeug, seine Kurzweil; sie anzuziehen, sie zu füttern war seine Herzenslust. Sie hätten den ganzen Tag essen sollen, und wenn sie nicht essen mochten, so putzte es sie auf, konnte zehnmal probieren, was ihnen am besten stehe, und wenn es dann glaubte, es gar gut gemacht zu haben, so ging es zu einer Nachbarin, die ihm die Kinder rühmen mußte, und wer ihm sie rühmte, dem hätte es das Herz aus dem Leibe gegeben.

Aber das Brönz konnte es sich nicht abgewöhnen, kamen doch dasselbe und die Liebe zu seinen Kindern in keinen Widerstreit. Es konnte ein halbes Dutzend Gläschen trinken und dabei gar herzig die Kinder hätscheln und putzen. Und wenn es sie im Bett hatte, wie Langeweile hätte es nicht haben müssen, wenn es dieselbe nicht mit einem Gläschen nach dem andern vertrieben hätte! Sein Mann war selten zu Hause, war meist auf Geschäftsreisen, kam selten vor Mitternacht heim, der hatte also keine Muße, Liseli die Langezeit zu vertreiben oder es der üblen Gewohnheit zu entwöhnen. Zudem hatte er weder Kraft noch Verstand dazu. Und wenn einer auch alles gehabt hätte, Muße, Kraft und Verstand, wo soll einer die Frechheit und das Gesicht hernehmen, seiner Frau, die daheim sitzt, das Brönz abzustellen, während er selbst in allen Wirtshäusern herumläuft, sich halb voll Wein säuft, wenn er ihn bezahlen muß, und ganz voll, wenn er schmarotzen kann! Ich meine nicht, daß Geschäftsmänner nicht freche Gesichter machen können, doch so ein freches, glaube ich wahrhaftig nicht. So nahm Liseli eins des Abends und trug den sturmen Kopf zu Bette. Die Leute, unter denen es den sturmen Kopf nicht herumtrug, meinten, es hätte sich gebessert, meinten, sie hätten nicht geglaubt, daß es noch so gut ausschlagen würde.

Soviel erfuhr ich nach und nach von meinem Häftlimacher, der tiefer sah und mehr wußte als die andern Leute. Ich muß bekennen, ich hätte Liseli seine Sünde nicht angesehen; etwas stark rot war es wohl, dabei aber noch gar Wetters appetitlich und sah recht stattlich aus.

Einmal war wieder ein heißer Nachmittag gewesen, und aus demselben war ein schwüler Abend geworden; Gewitterwolken, schwarz und schaurig, bäumten sich am Himmel auf und drohten übers Land herein. Sie stockten immer gewaltiger auf, sie hoben sich von den Gipfeln der Berge empor in die Himmel hinauf, neue Berge, die Gottes Hauch unter den Augen der Menschen bildete. Kein Lüftchen kühlte der Menschen Wange, kein grünes Blatt bewegte sich am grünen Baume. Ich hatte viele Geschäfte gemacht am gleichen Orte, wo ich vor manchem Jahre hergekommen war, als ich die fünf Mädchen traf, wohin ich jetzt wieder wollte. Ich pressierte nicht mit der Abreise. Ich wollte die Brämen vermeiden, die Hitze vorbeilassen und womöglich das Gewitter, das alle Augenblicke loszubrechen schien.

Aber die Hitze wollte nicht vorbei, das Gewitter nicht losbrechen, es war, als wenn es jemand erwarte da oben an den Flühnen. Gar ängstlich ist ein solch lautlos Drohen, und je länger es dauert, um so banger klopft des Menschen Herz. Endlich mußte es sein; ich konnte nicht länger warten, ich nahm das Herz in beide Hände und fuhr bei schon dunkelnder Nacht dem schwarzen Wolkenberge entgegen.

Da war es, als ob der wilde Geist im schwarzen Berge nur auf mich gewartet hätte, um des Windes Gewalt, der Blitze feurige Kraft, des Donners gewaltige Brust zu entfesseln. Kaum einige Scheibenschüsse weit war ich gefahren und mit bereits triefendem Pferde, als Windesseufzer in den Bäumen rauschten, als ein dumpfes, fernes Grollen hörbar wurde und einzelne Blitze über die schwarze Wolkenwand zuckten, wie Adjutanten sausend reiten vor des Heeres Fronte, wenn die Schlacht beginnen soll. Und langsam hob der gewaltige Berg sein dunkel gezacktes Haupt: immer höher über die Fluhwand und schien es tiefer und tiefer mir entgegenzuneigen. Immer ängstlicher rauschte der Wind, immer näher grollte der Donner, immer grasser zuckten die Blitze durch die Finsternis der werdenden Nacht. Und ich war allein auf einsamem Berge in schaurigem Tannenwalde und konnte nicht eilen auf dem steinigen, steilen Wege, durfte nicht schermen unter den gefährlichen Bäumen. Das bebende Herz mußte ich zusammenfassen und geduldig warten, was der Herr über mich verhänge. Aber schaurig ist's, einsam auf ödem, steinigem Berge, wenn über dem sündigen Haupte wie glühende Schwerter des Herren Blitze sich kreuzen.

Ich mußte aussteigen, mußte das zitternde Pferd am Zügel führen, mußte gegen den Sturm hinan, den Berg hinauf. Der schwarze Wolkenberg senkte immer tiefer sich, kam immer näher; der gewaltige Aufruhr in seinem Schoße brach immer fürchterlicher los. Nun schien derselbe über mich einzubrechen, schien mit tausend Armen mich zu umfassen, mich vernichten zu wollen in seiner schrecklichen Umarmung. Das Feuer rollte über mir, vor und hinter mir am Boden. Tannen splitterten, Tannen loderten auf am Wege. Wasserbäche stürzten über mir zusammen und den Berg ab auf mich zu. Ununterbrochen brüllte der Donner, wie in wilder Schlachten wilder Mitte der hundertfache Kanonendonner nie verhallt. Ich wurde betäubt, die grenzenlosen Schrecken übermannten mich, und halb bewußtlos und resigniert mein Ende erwartend, ließ ich vom Pferde mich ziehen. Den Berg kam ich hinauf; aber aus dem Schoße des wetternden Berges war ich nicht, der war gar tief und groß. Schon war ich halb den Berg hinab, als es lichter um mich zu werden schien, die Blitze weniger blendend wurden, einzelne Donnerschläge wieder unterschieden werden konnten. Es war mir, als steige ich, wunderbar behütet, aus dem Krater eines feuerspeienden Berges heraus und begrüße das Leben wieder. Ich war stillegestanden und schöpfte tiefauf Atem. Da blendete mich ein gelber Blitz gar fürchterlich, und ein Donner schmetterte durch das Tal, wie ich keinen noch gehört. Mein Pferd riß mich fast in den Abgrund.

Als ich wieder aufschauen konnte, flammte vor mir im Tale ein Haus auf; ein roter Glutstrom stieg auf durch die schwarze Nacht, blutig den Himmel färbend. Nun ward's auf einmal wie lebendig um mich her. Feuerhörner wimmerten ängstlich von den Bergen, gewaltige Stimmen riefen von Hof zu Hof die Helfenden zusammen, eilende Gestalten tauchten auf und verschwanden ebenso schnell wieder. Bald zeigten auf fernen Berghöhen schnell eilende Lichter sich, die leuchtenden Rundellen, und das schaurige Rasseln der Feuerspritzen war vernehmbar, und manch Zorneswort vernahm ich, weil ich mit meinem langsam sich bewegenden Fuhrwerke die Eile der Eilenden hemmte. Es ward immer heller um mich; ich vernahm schon das Prasseln des Holzes, das Krachen einstürzender Balken, das Geräusch der Löschenden, die Stimmen der Gebietenden, sah vom Brande Eilende mit geretteten Dingen. Auf der Straße war das Drängen groß. Niemand wollte Platz mir machen, ich war allen im Wege. Da erkannte mich eines Krämers Sohn und bat mich, in eine Matte seitwärts zu fahren; dort wolle er mir schon zu meinem Pferde sehen. Ich gehorchte. Ich ging hinauf zur Brandstätte und sah nun, daß nicht das eigentliche Haus, sondern nur das Stöcklein brannte, daß man das Haus werde retten können. Ich sah aber dort, daß man immer noch mit dem Löschen des nicht zu rettenden Stöckleins beschäftigt war, während man alle Hände für das Haus hätte brauchen sollen.

Ich wunderte mich darüber, aber nicht lange. Ich sah einen alten Mann die Hände über dem Kopf zusammenschlagen, hörte ihn bitten und weinen, daß man doch dr tusig Gottswille sys Liseli und ihre Kinder suchen solle, vielleicht lebten sie noch. Es war Liselis Vater, der an die Unmöglichkeit, daß sie noch leben könnten, nicht glauben wollte.

Liseli war wieder allein gewesen diesen Abend und hatte sich früh und sturm ins Bette gelegt. Das Gewitter weckte es nicht; was es weckte, wußte man nicht. In der ersten Angst waren die Hausbewohner in die Ställe gestürzt, dort das Vieh zu retten; denn sie glaubten das Feuer im Hause. Dem ersten, der sich dem ganz in Flammen stehenden hölzernen Stöcklein zuwandte, begegnete Liseli, wie es ängstlich nach seinen Kindern rief, ihn fragte, wo man sie hingetragen habe. Als er ihm sagte, das wisse er nicht, es habe seine Kinder niemand gesehen, da habe Liseli einen gräßlichen Schrei ausgestoßen und sei ins Feuer zurückgesprungen und nicht mehr herausgekommen. Niemand konnte ihm nach, sooft man es nachher, aber vielleicht zu spät, versuchte.

Liseli war sturm erwacht, konnte nicht denken, nicht sich fassen, folgte dem ersten Trieb und rettete, als es das Stöcklein brennen sah, sich aus dem Feuer. Draußen dachte es an seine Kinder; aber sturm erkannte es erst zu spät, daß es sie im Feuer vergessen in seiner Stürmi. Da brannte die Mutterliebe den Heldenmut an, der freudig geht in den Tod, und Liseli stürzte sich in die Flammen zu seinen Kindern; aber retten konnte es sie nicht, konnte nur mit ihnen sterben. Gott nahm es aus seinem Jammer und ersparte ihm den Jammer um seine verbrannten Kinder, die eine nüchterne Mutter gerettet hätte.

Als man endlich dem Feuer Meister geworden, das Häuschen zugänglich gemacht hatte, fand man drei Leichen, fand mitten im Stübchen Liseli, die Kinder beide an seine verbrannte Brust drückend.

Lautlos, tief ergriffen betrachteten die Menschen die drei Leichen. Was manche Mutter, die vielleicht auch sturm zu Bette geht, was mancher Mann, der nicht heimgeht, wenn der Herr am Himmel donnert, dachte, weiß ich nicht. Kein hartes Wort fiel über Liseli; sein Tod hatte die Menschen gesühnt, und manches Herz betete für ihns; daß Gott seiner armen Seele gnädig sein möge.

Endlich kam der Mann und Vater heim. Er hatte den Herrn am Himmel donnern hören, hatte dessen laute Stimme gehört, wie er pflichtvergessene Hausväter heimrief zu Weib und Kind; aber er hatte bei den Karten im Gewinn gesessen, da fragte er wenig nach dem Herrn im Himmel, nach Weib und Kind. Er spielte noch fort, als die Feuerhörner ängstlich bliesen um Hülfe.

Er brachte vier gewonnene Fünfunddreißiger heim und fand daheim Weib und Kinder verbrannt, die keinen Vater gehabt hatten, der sie aus dem Feuer trug.

Von ihm ab wendete sich voll Abscheu jedes Auge. ›Und wenn der Herr diesen ins Feuer würfe, ich trüge ihn nicht heraus‹, dachten die geschwärzten Männer, die, an die langen Feuerhaken gelehnt, Liseli und ihre Kinder betrachteten, die Augen voll Wasser. Und daß sein Weib und sein Kind nicht so verlassen sterben sollen jämmerlich, das gelobte seinem Gott manch verirrter Mann.

Ergriffen stund ich an der Leiche; da nahm mich jemand bei der Hand. Es war mein alter Häftlimacher. Wir opferten Liseli eine stumme Träne, später seinem Andenken noch manches Wort; und daß sein Andenken Müttern und Vätern zum rettenden Engel werden möchte, ward unser Wunsch.

www.ingramcontent.com/pod-product-compliance
Lightning Source LLC
LaVergne TN
LVHW021012200726
843506LV00012B/2306